AF216284

Ein 17-jähriger, der die Schule schmeißt und von zu Hause abhaut, weil er glaubt, diese Art von Leben nicht mehr ertragen zu können, das scheint auf den ersten Blick eine Allerweltsgeschichte zu sein.

Für Julius ist es allerdings der Beginn einer kleinen Odyssee, die sich am Ende als eine intensive Reise zu sich selbst, zu seinen eigenen Gefühlen, herausstellen wird. Gereift und bereichert durch zahlreiche Begegnungen beschließt er nach rund einem halben Jahr wieder heimzukehren, und ihm klingen noch lange die Worte des alten Mönches im Ohr, die wie ein Motto über dieser Zeit stehen:

„Wer die Reise nach innen wagt und bereit ist, die eigenen Höhen und Tiefen zu erkunden, den eigenen Engeln und Dämonen gegenüberzutreten, der kann sich eine ganz neue, eigene Welt erschaffen."

© Jochen Engstfeld, Neuss 2005

2. Auflage 2018

Titelfoto: Corneliuskapelle Neuss-Selikum

Herstellung und Vertrieb:
BoD - Books on Demand, Norderstedt

ISBN 9783748183877

Jochen W. Engstfeld

Julius

Geschichte einer Reise

Eine Erzählung

Einst träumte Dschuang Dschou, daß er ein Schmetterling
sei, ein flatternder Schmetterling, der sich wohl und glück-
lich fühlte und nichts wußte von Dschuang Dschou.
Plötzlich wachte er auf: da war er wieder wirklich und
wahrhaftig Dschuang Dschou. Nun weiß ich nicht, ob
Dschuang Dschou geträumt hat, daß er ein Schmetterling
sei, oder ob der Schmetterling geträumt hat, daß er
Dschuang Dschou sei, obwohl doch zwischen Dschuang
Dschou und dem Schmetterling sicher ein Unterschied ist.
So ist es mit der Wandlung der Dinge.

Zhuang Zi: Das wahre Buch vom südlichen Blütenland
(aus dem Chinesischen übertragen von Richard Wilhelm)

1.

Auf der Flucht

„…hat voraussichtlich zwanzig Minuten Verspätung!"

Julius zuckte zusammen. Die schnarrende Stimme aus dem Bahnhofslautsprecher hatte ihn plötzlich wieder in die Realität zurückgeholt.

„Ich muß eingeschlafen sein" schoß es ihm durch den Kopf. Verwirrt blickte er sich um. Er saß noch immer auf der Bank neben dem Getränkeautomaten, Gleis 4, und überall standen Menschen herum, die nun ein wenig in Bewegung kamen, ihrem Ärger über die angekündigte Zugverspätung Luft machten oder eifrig das Handy aus der Tasche angelten, um Angehörige oder Arbeitgeber zu informieren, bevor sie, nur wenige Minuten später, wieder in das Schweigen und die Bewegungslosigkeit verfielen, die auch vorher schon das Bild geprägt hatten.

Julius grübelte; er schien etwas in seinem Gedächtnis zu suchen, wie jemand, der gerade aus einem Traum erwacht ist und nun versucht, die sich verflüchtigenden Bilder festzuhalten; er wußte nicht mehr, was es gewesen war, aber es hatte ihn sehr beeindruckt, und schließlich fiel es ihm doch wieder ein: da war diese Frau, diese wunderschöne Frau gewesen. Sie hatte ein schillerndes, violettes Gewand getragen, und ihr Haupt war voller brauner Locken, die sich wie kleine Schlangen hin und her wanden. Ihre Lippen waren voll und in einem kräftigen Rot geschminkt, was ihrem Lächeln etwas Überhebliches und Verwegenes verlieh. Doch

9

was ihn am tiefsten getroffen hatte, war ihr Blick gewesen. Mit ihren blaugrünen Augen hatte sie ihn lange und durchdringend angeschaut, und es war ihm, als würde sie in den tiefsten Grund seiner Seele blicken. Noch nie zuvor war ihm so etwas widerfahren, und er hätte es auch ihr verweigert, wäre nicht in diesem Blick so viel Wissen, vielleicht auch eine Spur von Hochmut und Spott, aber zugleich auch eine Flut von wärmendem Mitgefühl gewesen.

Er spürte seine eigene Sehnsucht, den tiefen Wunsch, gesehen und erkannt zu werden. Unwillkürlich mußte er an seine eigene Mutter denken. Wie oft hatte er sich danach verzehrt, einmal so von ihr angeschaut zu werden, einmal ihre ungeteilte Aufmerksamkeit und Liebe genießen zu können? Er hatte gewartet, gehofft, gebetet, aber alles, was ihm zuteil wurde, war ein flüchtiges Lächeln, ein gelegentlicher kurzer Lichtblitz in einem wolkenverhangenen Alltag voller Sorgen, Enttäuschungen und zerstörter Hoffnungen.

Verwundert rieb er sich die Augen.

„Ich muß wohl geträumt haben", sagte er sich, während sein Blick suchend über den Bahnsteig wanderte. Weit und breit war keine auch nur annähernd vergleichbare Gestalt zu sehen, und dennoch wehrte sich in ihm ein starkes Gefühl dagegen, dieses Erlebnis einfach als Traum abzutun. Zu tief hatte es ihn berührt; sein Herzschlag war kräftiger als sonst, und ihm war ganz feierlich zumute. Er würde dieses Gesicht so schnell nicht vergessen.

Dieses „Gesicht!" Wo hatte er das gelesen? Es mußte einer dieser Fantasy-Romane gewesen sein; dort war von einem die Rede, der „Gesichter" hatte. „Gesichter haben", ja, das war etwas anderes als träumen, das war eine Begegnung mit einer anderen Realität, jenseits vom Alltag, und doch nicht weniger wirklich. Das war etwas besonderes, geheimnisvolles, nur wenigen Menschen zugänglich – ja, so etwas mußte es wohl gewesen sein.

Inzwischen war der Zug hereingerollt. Julius betrachtete aufmerksam den Schwall von Menschen, der nun aus den Waggons quoll und sich zielstrebig durch die Wartenden zu den Treppen schob, während die anderen ungeduldig und hastig in den Wagen hineindrängten, um nach Möglichkeit noch einen der wenigen Sitzplätze zu ergattern. Kaum einer schaute den anderen an, geschweige denn, daß irgendwelche Worte gewechselt wurden. Der Pfiff des Schaffners ertönte, die Türen schlugen zu, und nur wenige Sekunden später setzte der Zug sich in Bewegung und rollte weiter – dem nächsten Bahnhof entgegen, wo das gleiche Schauspiel sich wiederholen würde.

Nur wenige Minuten später war der Bahnsteig wieder nahezu menschenleer. Julius tastete vorsichtig mit der Hand nach seinem Haarschopf, um sich zu vergewissern, daß die blonden Stoppeln, die er am Morgen mit Gel mühsam aufgerichtet hatte, noch ordentlich in alle Richtungen standen.

Er hatte einen Moment gezögert, ob auch er in diesen Zug steigen sollte, so wie er einige Stunden zuvor auf einem anderen Bahnhof einfach in einen x-beliebige Regionalexpress gestiegen und in diese fremde Stadt gefahren war, hatte sich aber dann anders besonnen.

Der Bahnhof war für ihn ein Symbol, weiter nichts. Hier begannen Reisen, hier war die Pforte zu neuen Erlebnissen, unbekannten Städten und Landschaften, anderen Menschen, anderen Orten, vielleicht sogar zu einem anderen Leben. Das Bewußtsein, daß er selber entscheiden konnte, ob er einsteigen würde oder nicht, schien sein Gefühl von grenzenloser Freiheit noch zu erhöhen, und wenn er von außen auf die getönten Fensterscheiben eines ICE starrte, schien dieser ein regelrechtes Mysterium zu beherbergen.

Doch die Fernzüge, das war nicht seine Welt; zu groß war außerdem das Risiko, in eine Fahrkartenkontrolle zu geraten, und was er jetzt beobachtet hatte, nämlich das Gedränge der Menschen in den abgenutzten Waggons der Regionalbahn, die müden, traurigen und bitteren Gesichter der Pendler, das hatte ihn wieder in die Wirklichkeit zurückgeholt. „Das also ist das Leben, das ich leben soll", dachte er grimmig, „na, vielen Dank!"

Er wußte jetzt, warum er an diesem Morgen nicht zur Schule gegangen, sondern irgendeinen Zug genommen hatte und in irgendeine fremde Stadt gefahren war, und er war sich in diesem Augenblick auch ganz sicher, daß er nie wieder eine Schule besuchen würde. Das Märchen von den Bremer Stadtmusikanten, welches er als Kind dutzende Male gehört und gelesen hatte, kam ihm in den Sinn:

„Komm mit uns", zitierte er aus dem Gedächtnis, „etwas Besseres als den Tod findest du allemal!"

Seine Hand tastete in der Hosentasche nach dem Fünfzig-Euro-Schein, den er in der Nacht heimlich aus dem Porte-monnaie seiner Mutter gestohlen hatte. Damit würde er erst einmal eine Weile durchkommen. Er wußte zwar noch nicht wie und auch nicht wo, aber er fühlte sich frei und bereit, dem Schicksal zu begegnen.

Während er noch halbverträumt diesen seinen Gedanken nachhing, beschlich ihn plötzlich ein unbehagliches Gefühl. Er schaute sich um und stellte fest, daß die beiden Unifor-mierten vom Sicherheitsservice auf dem Bahnsteig gegen-über zu ihm herüberschauten. „Lächerliche Figuren", schoß es ihm durch den Kopf, „Springerstiefel, ein rotes Barett, das aussieht wie schief an den Schädel geklebt, und eine Koppel mit Schlagstock und Reizgas – und schon fühlen sie sich wie die Kings. Und was man nicht im Kopf hat, muß man sich dann in der Mucki-Bude antrainieren."

Zweifellos fühlte er sich ihnen auf gewisse Weise überlegen, ja, er verachtete sie sogar, aber dennoch wurde ihm, je länger er sie anstarrte, zunehmend mulmig zumute. Was wäre denn, wenn die beiden nun herüberkämen und ihn nach seinem Ausweis fragten? Wenn sie feststellten – und bestimmt hatten sie bereits einen Verdacht – daß er von zu Hause abgehauen ist? Ihn dann der Polizei übergäben, die ihn dann bei Mama ablieferte? Diese würde schreien und jammern, sein Stiefvater würde wüste Drohungen ausstoßen und ihm mit der Faust vor der Nase herumfuchteln, aber vor allem fürchtete er die Blamage in der Schule, denn so etwas spricht sich schneller herum als die letzten Ergebnisse der Fußball-Champions-League: Abgehauen, und sofort von den Bullen wieder einkassiert! Nein, das durfte auf keinen Fall passieren! In einem plötzlichen Impuls stand er auf und beeilte sich, den Bahnhof zu verlassen.

Als er auf den Vorplatz trat, blieb er stehen. Verwirrt mußte er feststellen, daß er offensichtlich der einzige Mensch war, der nicht augenblicklich zielstrebig eine bestimmte Richtung einschlug. Er hatte kein Ziel, das war ganz deutlich. Ein Gefühl von Einsamkeit beschlich ihn, und die Freiheit, die er eben noch so genossen hatte, fing nun an, ihn unter Druck zu setzen: Du mußt jetzt eine Entscheidung treffen! Er fühlte sich hilflos und schwach, und setzte sich erst einmal auf einen der zahlreichen Blumenkübel. Ja, es stimmte, außer einigen verwahrlosten Gestalten, die dort auf dem Boden kauerten, eine Unmenge von leeren und vollen Bierdosen um sich herum aufgereiht hatten und nur damit beschäftigt waren, die Anzahl der leeren Dosen auf Kosten der vollen zu erhöhen, war hier jeder in Bewegung, eilte hierhin oder dorthin.

Plötzlich fiel sein Blick auf einen Mann in einem weißen Trenchcoat, der, eine Aktentasche unter den Arm geklemmt, unentschlossen herumstand und ihn anstarrte. Als ihre Blicke sich begegneten, kam der Mann mit raschen kleinen Schritten auf ihn zu.

„Bist wohl neu hier?" fragte er unvermittelt. Julius zuckte nur mit den Schultern. Er wollte etwas sagen, aber da er den ganzen Tag noch mit niemandem ein Wort gewechselt hatte, fiel es ihm schwer, aus seinem Schweigen herauszukommen.

„Hab' dich hier noch nie gesehen", fuhr der Fremde fort.

Er hatte sich beim Sprechen unaufhörlich nach rechts oder links umgeschaut. Nun richtete er den Blick direkt auf Julius: „Bist ein hübscher Bengel. Du willst doch sicher ein bißchen Geld verdienen, stimmt's?" und als dieser ihn nur fragend anschaute, fuhr er fort: „Na, nun mal nicht so schüchtern, wir beide machen das schon, wir werden viel Spaß miteinander haben" und streckte die Hand nach ihm aus.

„Scheiße," fuhr es Julius durch den Kopf, „er hält mich für nen Stricher!" und wie von einer Tarantel gestochen sprang er auf und rannte davon. „Scheiße, Scheiße", rief er ein ums andere Mal laut aus, während seine Schritte allmählich langsamer wurden, als müsse er den Ekel, der soeben über ihn gekommen war, regelrecht ausspucken.

„In was für einer Welt lebe ich eigentlich?" fragte er sich voller Abscheu, und stapfte weiter in die nächstbeste Straße hinein. Das Gefühl, nur noch weg zu wollen, das ihn schon seit Monaten quälte und ihn schließlich veranlaßt hatte, seine Familie ohne ein Wort des Abschieds zu verlassen, steigerte sich bis zur Verzweiflung. Aber wohin? Verwirrt blieb er stehen. Sein Herz schlug ihm bis zum Halse und er atmete schwer. Er spürte, wie seine Knie zitterten, wie bei einem Tier, das nach einer panischen Flucht vor einem unbekannten Feind wieder zur Besinnung kommt. Wo lief er eigentlich hin? Er blickte sich hilfesuchend um, als er auf zwei Jungen aufmerksam wurde, die gemächlich auf ihn zuschlenderten.

Der größere und breitere von ihnen sprach ihn direkt an: „Was geht, Alter? Keinen Plan, oder was?"

Julius hatte inzwischen seine Sprache wiedergefunden, aber mehr als ein „Weiß nicht" brachte er nicht über die Lippen.

„Guck dir den an, völlig neben der Spur!" meinte der Große zu seinem Kumpel, der, die Hände in die Taschen vergraben, kaugummikauend danebenstand, und zu Julius gewandt fuhr er fort: „Haste was geraucht oder so? Was ist los mit dir?"

Julius faßte sich ein Herz: „Nix weiter. Bin von zu Hause abgehauen. Das ist los."

„Eh, cool!" ließ sich jetzt der Kleinere anerkennend vernehmen, rückte sein Käppi gerade und verfiel wieder in seine angestrengte Kautätigkeit.

„Wir schwänzen gerade Englisch", erläuterte der Große, merkte aber wohl selbst, daß er damit auf jemanden, der gerade von zu Hause durchgebrannt war und im Begriff stand, der Schule für immer Lebewohl zu sagen, kaum Eindruck machen konnte.

„Weißte was?" beeilte er sich hinzuzufügen, „Wir haben noch ne halbe Stunde Zeit, und noch die Pause; das reicht voll, um mit der Bahn zum Schrebergarten von meinem Alten zu fahren. Da kannst du erst mal bleiben, und heute abend kommen wir nach und machen zusammen einen drauf!"

Julius schaute ihn mit großen Augen an. Kann ich da auch pennen?" fragte er besorgt.

„Na klar", erhielt er zur Antwort, „kein Thema!"

Er atmete tief durch. Ein Stein fiel ihm vom Herzen; es schien sich anscheinend doch nicht alles gegen ihn verschworen zu haben.

„Komm jetzt", drängte der Kleinere, „wir müssen!" Gemeinsam hasteten sie los, um die nächste U-Bahn zu erreichen. Wie betäubt heftete sich Julius an ihre Fersen, schaute nicht nach links oder rechts, und erst viel später hatte er sich soweit beruhigt, daß er wieder einige klare Gedanken fassen konnte.

Mehrere Stunden saß Julius nun schon alleine in dem kleinen Gartenhaus, traute sich aber nicht hinaus, weil er befürchtete, von irgend jemandem angesprochen zu werden und möglicherweise Verdacht zu erregen. Vermutlich kannte hier jeder jeden, und ein neues Gesicht mußte sofort auffallen. Dieser Garten hier war kein öffentlicher Platz wie der Bahnhof, sondern eher etwas persönliches, privates, und er fühlte sich, als sei er geradezu im Wohnzimmer einer wildfremden Person gelandet. Das lag weniger an der Hütte selber mit ihren akkurat verlegten elektrischen Leitungen und den genau eingepaßten Regalen, sondern vielmehr an dem Garten, den er durch das Fenster eingehend betrachtete. Da gediehen Lauch und Möhren, Salat und Kohl; dazwischen immer wieder Reihen von Schnittblumen, und auf dem Komposthaufen blühte eine Kürbispflanze, die mit ihren weitausladenden Blättern bereits anzukündigen schien, was für gewaltige Früchte sie hervorzubringen gedachte. Es gab ein Drahtspalier, an dem sich Bohnen emporrankten, und unter einem kleinen Dach aus Wellplastik standen die Tomatenpflanzen. Die verbleibenden drei Quadratmeter Rasen teilten sich eine Vogeltränke, ein Rehkitz aus lackiertem Beton und eine kleine, offensichtlich selbst gebaute Windmühle, die aber allen Versuchen des Windes, ihre Flügel in so etwas wie eine Drehbewegung zu versetzen, beharrlich Widerstand leistete.

Vielleicht war es nur die Langeweile, die ihn dazu trieb, sich diesen Platz in allen Einzelheiten anzuschauen. Je mehr Details er jedoch wahrnahm, desto besser konnte er ermessen, wieviel Sorgfalt und Hingabe ein ihm unbekannter Mensch in sein kleines Grundstück investiert hatte. Noch vor wenigen Wochen, ja Tagen, hätte er für diese kleinbürgerliche Idylle nichts als Spott und Verachtung übrig gehabt. Jetzt jedoch, wo er sich selber heimatlos und entwurzelt fühlte, berührten ihn diese Anstrengungen eines Mitgliedes von „Heimaterde 05 e.V." auf eine ganz eigenartige Weise, und er spürte sogar eine leise Sehnsucht danach, auch einmal ein kleines Fleckchen Erde sein eigen nennen zu können.

Es war später Nachmittag geworden, als seine beiden Wohltäter wieder auftauchten. Sie hatten ein Mädchen mitgebracht, eine Spindeldürre mit blondem Bürstenhaarschnitt, einer Fülle von verschiedenen Ringen im Ohr und einer Art Hundehalsband um den Hals.

„Hi!" grüßte der Große, als er hereinkam, „das ist Nadine. Wie heißt du überhaupt?"

„Thorsten", log Julius, einer plötzlichen Eingebung folgend. Er wollte nicht mit dem Namen angeredet werden, den seine

Mutter immer benutzte; er wollte im Grunde gar nicht mehr an zu Hause erinnert werden.

„Okay, Thorsten, ich heiße Oliver und das ist Sebastian". Dieser nickte nur, ohne dabei sein monotones Kauen zu unterbrechen. Sie setzten sich zusammen an den Tisch, und es entstand ein verlegenes Schweigen. Schließlich ergriff Nadine die Initiative.

„Du bist abgehauen zu Hause?"

„Hmm" brummte Julius bestätigend.

„Is ja krass!" fügte sie hinzu, lehnte sich zurück und hatte damit wohl ihr Bedürfnis nach Kommunikation restlos befriedigt, denn sie sprach von nun an kein Wort mehr.

Jetzt war Oliver an der Reihe: „Sach mal, Alter, willste was Gras kaufen? Ich hab noch was da, gutes Zeug!"

„Hab kein Geld" log Julius, der beschlossen hatte, seine 50 Euro möglichst lange zu strecken und auf keinen Fall für saufen oder kiffen auszugeben.

„Kein Geld" echote Oliver, „wie bist du denn drauf? Wenn du zuhause abhaust, nimmst du doch Kohle mit, ich faß es nicht!" Er schlug sich demonstrativ mehrmals mit der flachen Hand gegen die Stirn und wandte sich dann seinem Kumpel Sebastian zu: „Was haben wir uns denn da für einen Vogel eingefangen?"

Julius schluckte. Ihm war die ganze Szene ausgesprochen unangenehm. „Hauptschüler!" dachte er nur, als ob dieses eine Wort alles erklären würde. Er ging zwar selber zur Hauptschule, zumindest bis gestern noch, aber auch erst, seit er das Gymnasium wegen schlechter Leistungen hatte verlassen müssen. Er hatte, wie er es ausdrückte, „keinen Bock mehr" gehabt, und sich dann auf der Hauptschule, wo der

Umgangston rauher, aber direkt war, wesentlich wohler gefühlt. Er war kein Freund von vielen Worten, und für sein Empfinden wurde am Gymnasium viel zu viel herumgelabert, und von den Hauptschülern ist im übrigen bislang noch keiner auf die Idee gekommen, ihm den Spitznamen „Caesar" anzuhängen. Dennoch hatte er von Anfang an gespürt, und merkte es auch jetzt wieder, daß er zu diesem Kreis von Menschen nie wirklich dazugehören würde.

Nun machte Sebastian einen Anlauf, das erneute Schweigen zu unterbrechen: „Eh, laß uns doch mal ne Dose Bier aufmachen!"

„Okay!" Oliver übernahm gleich wieder das Kommando. „Trinkste mit, Alter?"

„Klar", stimmte Julius zu, der den aufgerissenen Graben nun nicht noch weiter vertiefen wollte, und dem es außerdem mittlerweile ziemlich egal war, womit er seinen leeren Magen füllte.

„Korrekt", antwortete Oliver, „komm, dann laß uns Dosen stechen". Julius schaute etwas verdutzt drein, und so erklärte Oliver, während er und Sebastian eine ganze Batterie von Bierdosen aus dem Rucksack angelten: „Ganz einfach. Mit dem Schraubenzieher reinstechen. dann laufen lassen, ohne abzusetzen. Klar?"

Ehe er sich versah, hatte Julius schon die erste Dose in der Hand und mußte sich sehr zusammenreißen, um sich nicht zu verschlucken, während ihm die lauwarme schäumende Flüssigkeit durch die Gurgel strömte. Daß ihm dabei das Bier über Kinn und T-Shirt lief, störte ihn nicht weiter. Er kannte diese Spiele, bei denen sich die anderen großartig fühlen durften, wenn sie jemanden hatten, der sich dümmer anstellte als sie selber waren, und übernahm nun bereitwillig die Rolle des Tolpatsches. Kaum hatte er abgesetzt, als auch schon die nächste Dose angestochen wurde. Er fand dieses Ritual zwar reichlich albern, aber sein Körper war jetzt bereit, jede Form von Nahrung begierig aufzunehmen, und während die Jungen in einer unbeschreiblichen Geschwindigkeit eine Dose nach der anderen leerten, spürte er schon die Wirkung des Alkohols. Er schaute das Mädchen, daß an diesem Exzeß nicht teilnahm, immer wieder an, wollte auch etwas sagen, brachte aber nur noch ein Stammeln hervor. Er nahm ihre spöttischen Blicke nicht war, er hatte nur den Eindruck, daß ihre kurzgeschnittenen blonden Haare sich in braune Locken, nein, Schlangen verwandelten, die sich um ihren Kopf ringelten, und bei dem Versuch aufzustehen lallte er nur noch: „Ist mir schlecht" und fiel dann der Länge nach zu Boden.

Als er aufwachte, lag er noch immer dort. Jemand hatte ihn mit einer alten, verschlissenen Steppdecke zugedeckt. Er schaute auf seine Uhr. Es war halb zehn, und da es draußen taghell war, mußte es wohl vormittag sein. Das bedeutete, wie er sich langsam und Schritt für Schritt klarmachte, daß er den Abend, die Nacht und den Morgen komplett verschlafen hatte. Er versuchte sich aufzurichten. Das war nicht so einfach, denn seine Gelenke und der Rücken schmerzten nach der Nacht auf dem harten Dielenboden, und sein Kopf dröhnte, als würde er gleich platzen. Vor allem aber mußte er dringend pinkeln, und so taumelte er zur Tür. Als er aber registrierte, daß der Garten von allen Seiten einsehbar war, und es sicher keiner von den Mitgliedern des Vereins „Heimaterde 05" begrüßen würde, wenn er sich in aller Öffentlichkeit seiner Notdurft entledigte, beschloß er, sich erst einmal in die neben der Tür stehende Gießkanne zu erleichtern; anschließend könnte er vielleicht ganz unauffällig die Tomaten damit gießen.

Die Ausführung dieses Plans wurde allerdings jäh unterbrochen, denn gerade, als er mit der frisch gefüllten Gießkanne aus der Türe treten wollte, sah er, daß sich jemand am Gartentor zu schaffen machte. Eine Frau war es, die ein wenig umständlich versuchte, einen Kinderwagen durch das Tor zu bugsieren, und nun auf die Hütte zusteuerte. Beim Näherkommen stellte er fest, daß diese Frau eigentlich eher ein Mädchen war. „Sie muß in meinem Alter sein", dachte er noch, als sie auch schon über den Wagen gebeugt die Tür aufstieß und sich mit einem lauten „Hi!" bemerkbar machte. Julius stand etwas fassungslos vor ihr. Er hatte gerade noch die Gießkanne abstellen und seinen Reißverschluß zuziehen können, als sie, den Kinderwagen vor sich herschiebend, einrat und ihn mit einem Redeschwall eindeckte.

„Du bist der Thorsten, nä?" und während er mit einem verlegenen „Nein, äh, ja doch" versuchte, in Sekundenschnelle die Ereignisse des Vortages samt seiner angenommenen neuen Identität zu rekonstruieren, schwatzte sie unbekümmert weiter:

„Der Oliver hat mit von dir erzählt. Ist nämlich mein Bruder, weißt du? Der meinte, ich soll doch mal nach dir gucken. Ich glaube, der hatte Angst, daß du ne Alkoholvergiftung hast oder daß du hier alles, na ja, dreckig machst, du weißt schon." Sie grinste ihn an: „Hab dir auch was zum Essen mitgebracht, ein paar Dubbels!" und holte ein umfangreiches Paket unter dem Wagen hervor. Sie riß das Papier auf, und ein Berg von Butterbroten kam zum Vorschein. Julius, der seit vierundzwanzig Stunden nichts mehr gegessen hatte, setzte sich und machte sich ohne Zögern über die Stullen her.

„Ich heiße übrigens Sandra", stellte sie sich vor, „wenn es dich interessiert. Und das das" – sie deutete auf den Kinderwagen – „ist die Yvonne".

„Deine Schwester?" nuschelte Julius mit vollem Mund.

„Nee, meine Tochter", korrigierte sie ihn, und als Julius sie fassungslos mit großen Augen und offenem Mund anstarrte, ergänzte sie:

„Ist mir passiert. Wir haben nicht aufgepaßt, der Luigi und ich. Er wollte, daß ich es wegmachen lasse, aber ich nicht. Ich habe mir gedacht, wenn ich so nen Scheiß mache, da kann doch das Kind nichts für. Das muß ich dann auch ausbaden. Und meine Mama hat auch gesagt, jetzt hab ich schon vier Blagen großgekriegt, da kommt es auf eins mehr auch nicht mehr an." Sie grinste ihn an, und es war nicht zu übersehen, wie stolz sie war.

„Der Luigi hat dann Schluß gemacht", fuhr sie fort, der fühlte sich nicht mehr zuständig. Vielleicht, wenn es ein Junge geworden wäre... aber egal!" und während Julius ein Brot nach dem anderen herunterschlang, plauderte sie unverdrossen weiter.

„Ich hab jetzt noch Mutterschaft, noch drei Wochen, dann geh ich wieder in die Schule. Ich mach die 9 noch mal, für die Quali, ich will auf jeden Fall mittlere Reife und vielleicht auch noch Abi oder Fachabi oder so. Meine Mama paßt auf das Kind auf. Hast du auch Geschwister?"

Diese unvermittelte Frage traf ihn wie ein Blitz aus heiterem Himmel. Julius bekam einen Hustenanfall; er hatte sich verschluckt und griff nun hastig nach der Wasserflasche, die sie ihm hingestellt hatte. Es dauerte eine Weile, bis er sich wieder beruhigt hatte.

„Eine Schwester", krächzte er leise und mit rotem Kopf. Tränen standen ihm in den Augen, und er wußte selbst nicht, ob sie ein Produkt des Hustens waren, oder ob sie durch die plötzliche Erinnerung an seine Schwester ausgelöst worden waren. Er fühlte sich beschämt, als er registrierte, daß er seit seinem Aufbruch von zu Hause keinen einzigen Gedanken an seine kleine Schwester verschwendet hatte; aber er wußte auch, warum.

„Sie ist erst zehn", fügte er leise hinzu.

„Dann wird sie sicher sehr traurig sein, daß du nicht mehr da bist", erwiderte Sandra, und sprach damit gnadenlos den Gedanken aus, den er gerade zu verdrängen versuchte. Er schluckte betreten. Betroffenheit mischte sich mit Ärger. Das hatte ihm gerade noch gefehlt, daß ihm jetzt jemand Vorhaltungen machte! Er hätte gerne das Thema gewechselt, aber Sandra war nun richtig in Fahrt.

„Ich fand meine großen Brüder immer Klasse", fuhr sie fort, „ich könnte das gar nicht aushalten, wenn einer von ihnen weggeht". Sie schaute ihn durchdringend an: „Und deine Mama? Was sagt die dazu?"

„Weiß ich doch nicht", brummte Julius mürrisch. „Ich hatte die Faxen dicke. Vor allem wegen meinem Stiefvater. Den ganzen Tag das Rumgemeckere; richtig Krach hab' ich mit dem Alten gekriegt. Ich laß mir doch von so einem nichts sagen! Und meine Mutter dann immer gleich: ,Du machst mich noch wahnsinnig!' - Nee, keinen Bock mehr. Nicht mit mir, nicht mehr. Die sind wahrscheinlich auch froh, daß sie mich los sind."

Es bereitete ihm Genugtuung, diesen Groll zu spüren und auszudrücken, der ihn ein wenig von den unangenehmeren Gefühlen ablenkte. Finster und mit gerunzelten Augenbrauen schaute er Sandra an, als erwartete er jetzt eine zustimmende Bemerkung. Diese hatte sich jedoch gerade zum Kinderwagen umgewendet und hob vorsichtig ihr kleines Baby heraus. Sie schaute das Kind unverwandt an und erwiderte, ohne Julius eines Blickes zu würdigen:

„So habe ich bis vor kurzem auch noch geredet. Aber dann ist die hier gekommen, und jetzt ist alles ganz anders." Sie nickte der Kleinen zu und begann mit ihr in einer Babysprache zu brabbeln, was die Kleine mit einem Strahlen und heftigen Arm- und Beinbewegungen beantwortete. Julius war gerührt, denn er konnte sich noch durchaus erinnern, daß er als sechsjähriger seine kleine Schwester genauso gehalten und mit ihr herumgealbert hatte.

„Schau mal, das ist der Thorsten", sagte sie zu der Kleinen und drehte sie zu ihm hin.

„Ich heiß' gar nicht Thorsten", stammelte er verlegen, denn mit einem Mal konnte er die Anwesenheit einer Lüge in diesem Raum nicht mehr ertragen, „Ich heiße Julius, in Wirklichkeit".

Sandra nickte nur und lächelte ihn an.

„Weißt du, du kannst mir viel erzählen, und es ist mir auch egal, ob es die Wahrheit ist oder nicht. Aber daß deine Mutter dich einfach gehen läßt oder froh darüber ist, das glaube ich dir nicht", und ohne auf eine Antwort zu warten, wendete sie sich wieder ihrer Tochter zu und setzte das Gespräch mit der Kleinen fort: "Du kleine Süße Maus du, du Knuddelmaus, jetzt könnte ich dich wieder ohne Ende knuddeln, aber weißt du, manchmal könnt' ich dir ja schon eine klatschen, wenn du so gar nicht aufhören willst zu schreien, und wenn du größer wirst, kriegst du auch bestimmt mal auf den Popo..."

Sie drehte sich abrupt wieder zu Julius. „Und wenn sie mal richtig groß ist, und richtig Ärger macht, zum Beispiel auf Drogen geht oder mit irgendwelchen Nazis herummacht, oder was weiß ich – sie wird trotzdem immer meine Tochter bleiben, das schwör' ich!"

Ihre Augen blitzten, während sie ihn ansah: „Du kannst dir das nämlich einfach gar nicht vorstellen, wie das ist, ein Kind in deinem Bauch zu haben, monatelang, unter dem Herzen, und dann bringst du es zur Welt, und es lebt." sie senkte ihre Stimme: „Ich konnt' mir das auch nicht vorstellen, bis ich's selbst erlebt habe. Ich sehe meine Mama jetzt mit ganz anderen Augen." und als Julius beharrlich schwieg, fuhr sie fort: "Und du? Was ist mit dir? Du siehst doch deine Mam gar nicht, du willst sie auch gar nicht sehen, du hast doch nur noch Augen für dich selbst!"

Sie hielt plötzlich betroffen inne. War sie jetzt zu weit gegangen? Sie hatte sich selbst noch nie so reden gehört; es war ihr, als hätte jemand anderes durch sie gesprochen. Und doch fühlte sie, daß sie im Recht war und daß es ihrem Gegenüber einmal so deutlich gesagt werden mußte.

Julius fühlte sich unbehaglich und fing an, zielstrebig die Brotkrümel auf dem Tisch einzusammeln, zu Kugeln zu kneten und in den Mund zu stecken.

„Blöde Kuh", dachte er verärgert, „was nimmt die sich eigentlich raus? Nur weil sie ein Kind hat, fängt sie an, altklug wie alle Erwachsenen daherzureden!" Er schwieg beharrlich, hin- und hergerissen zwischen seinem Trotz und einem Gefühl von Bewunderung, das sich seiner bemächtigte, wenn er zusah, wie selbstverständlich Sandra mit dem kleinen Lebewesen auf ihrem Schoß verkehrte. Sie schauten einander betroffen an, und das junge Mädchen mußte plötzlich lachen.

„Entschuldige", sagte sie versöhnlich, „manchmal geht es mit mir durch. Aber wenn ich immer so sehe, wie meine Brüder sich gegenüber der Mama verhalten, dann denke ich oft, ihr Jungs, egal wie alt, habt doch eigentlich überhaupt keine Ahnung".

Julius mußte ebenfalls lächeln, und ihm wurde ganz merkwürdig zumute. Er machte sich normalerweise nicht viel aus Mädchen, und diese Sandra war auch gar nicht sein Typ, und doch war sie ihm auf irgendeine Weise sehr nahe. Sie hatte, ungeachtet ihres geringen Alters, zweifellos etwas sehr Reifes, als wäre sie soeben eingeweiht worden in den Kreis der weisen Frauen, der Mütter; und er fragte sich, ob sie, wenn sie noch kein eigenes Kind hätte, ihn wohl ebenfalls so fürsorglich mit Broten und Wasser versorgt hätte. Ein wenig peinlich war ihm diese ganze Szene schon gewesen, aber gleichzeitig spürte er auch, daß er diese fürsorgliche Zuwendung genießen konnte und wollte.

Seine Gedankengänge wurden allerdings, bevor er sie weiterspinnen konnte, jäh unterbrochen. als plötzlich die Tür aufgerissen wurde und Oliver hereinplatzte.

„Du bist ja immer noch hier", ächzte er, „du mußt jetzt weg! Mein Alter kommt gleich. Wenn der dich hier sieht, dann..."

Er verstummte, als er den Blick seiner Schwester bemerkte, und statt weiterer Ausführungen, was dann alles passieren würde, ließ er nur ein „Stimmt doch?" folgen.

Julius war bereits aufgesprungen und schaute unschlüssig zwischen den beiden hin und her.

„Er hat recht", bestätigte Sandra nun, „der Papa versteht keinen Spaß, wenn es um sein Gartenhaus geht." Sie nahm das Kind auf den Arm und schob den leeren Wagen hinaus.

„Tschau, Torsten!" rief sie ihm augenzwinkernd zu, „war nett, dich kennenzulernen, ehrlich!" und schon war sie nach draußen verschwunden.

Wieder einmal war alles für Julius viel zu schnell gegangen, als daß er noch etwas hätte sagen können. Er spürte, daß er sie, wäre Oliver nicht dabeigewesen, gerne in den Arm genommen und ihr einen Kuß gegeben hätte; und er war sich sicher, daß es ihr genauso ging.

Während er noch gedankenverloren hinter ihr herschaute, durchzuckte ihn plötzlich ein eisiger Schreck: Er hatte gerade die Hände in die Hosentaschen gesteckt, als ihm auf einmal klar wurde, daß sein Geld verschwunden war.

„Scheiße!" entfuhr es ihm.

„Was ist los?" fragte Oliver, der gerade die Decke zusammengefaltet und im Regal verstaut hatte.

„Mein Geld!" –

„Was für Geld? Ich denke, du hast kein Geld?" hakte Oliver nach.

„Meine 50 Euro! Gestern hatte ich noch 50 Euro!" entgegnete Julius entsetzt.

Olivers Miene verfinsterte sich. „Diese Hurensöhne", stieß er hervor, „die haben dich beklaut!" und auf Julius' fragenden Blick ergänzte er: „Du glaubst gar nicht, was für ein Asi-Volk sich hier nachts herumtreibt in den Gärten. Die haben hier schon dreimal eingebrochen."

Er wartete einen Moment, um die Wirkung dieser Information zu unterstreichen, und fuhr dann fort: „Aber ich krieg, die, verlaß dich drauf. Die mach ich fertig, denen brech ich alle Knochen, ehrlich!" und während Julius ihn ungläubig anstarrte, bekräftigte Oliver: „Du kriegst dein

Geld schon wieder, du wirst schon sehen, ich schwöre! Aber jetzt komm, raus hier!" und damit schob er Julius, der noch gerade einen verzweifelten Blick auf die Gießkanne werfen konnte, auch schon zur Türe hinaus.

„Verdammt hell hier draußen", schoß es ihm durch den Kopf, während Oliver das Gartenhaus abschloß und den Schlüssel in der kleinen Windmühle versteckte. Sie schauten sich eine Weile an. Wortlos hielt Oliver die ausgestreckte Hand nach oben, und Julius klatschte ab.

„Machs mal gut, Alter", sagte Oliver noch, „ich muß los. Man sieht sich!"

Julius nickte wortlos. Man würde sich natürlich nie mehr wiedersehen, sein Geld war er los, soviel stand fest, und Oliver glaubte er kein Wort. Diese Sorte Sprüche kannte er zu genüge.

„Teures Frühstück", sagte er verbittert zu sich selbst, und seine einzige Genugtuung bestand darin, sich vorzustellen, wie Oliver zu einem späteren Zeitpunkt seinem Vater den Inhalt der Gießkanne zu erklären versuchte.

2.

Der Professor

Wenn man ihn so sah, wie er mit schnellen, festen Schritten die Straßen entlang stapfte, hätte man meinen können, jemanden vor sich zu haben, der entschlossen seinem Ziel entgegensteuert.

Doch Julius hatte kein Ziel; er wußte auch nicht, wohin er gehen sollte, er marschierte einfach drauf los, einer unklaren Eingebung folgend. Er spürte nur, daß die kräftige körperliche Bewegung ihm gut tat; sie half ihm dabei, die widersprüchlichen Gefühle, die in ihm tobten, zu ordnen und zu besänftigen.

Am heftigsten nagte an ihm der Ärger über den Verlust des Geldes. Wären es seine eigenen Ersparnisse gewesen, hätte er den Diebstahl vielleicht als Schicksalsschlag abtun können, aber es war Geld, das seiner Mutter gehörte, und das sie, die ihre spärliche Sozialhilfe noch durch eine kleine Putzstelle aufbesserte, durch harte Arbeit erworben hatte. Nicht ihn, Julius, sondern seine Mutter hatten sie bestohlen, und darüber geriet er in eine nahezu ohnmächtige Wut. Die Tatsache, daß eigentlich er es gewesen war, der sich an der Börse der Mutter vergriffen hatte, ließ er dabei völlig außer acht. Für ihn war das etwas ganz anderes, ihm stand es schließlich zu, von der Mutter zu nehmen, was immer er brauchte, ob sie damit einverstanden war oder nicht. Im Gegenteil, ihr gegenüber fühlte er sich eher wie ein Rächer der zu kurz Gekommenen, der im Grunde noch viel mehr hätte fordern müssen, um all das auszugleichen, was er in seiner ganzen Kindheit an Zuwendung entbehrt zu haben vermeinte. Nein, er wähnte sich völlig im Recht, und wenn er sich Vorwürfe machte, dann nur die, daß er das Geld nicht besser versteckt, daß er Alkohol getrunken, und, ha, daß er sich überhaupt auf diese dubiosen Figuren eingelassen und sich ihnen anvertraut hatte.

Im nächsten Augenblick fragte er sich wieder, ob ihn nicht vielleicht vielmehr sein Mißtrauen und seine Lügen – „Ich heiße Thorsten" – „Ich habe kein Geld" – in diese prekäre Lage gebracht und er durch seine feindselige Voreingenommenheit den weiteren Verlauf der Ereignisse regelrecht provoziert hatte. Was ihn aber in der Tiefe noch viel mehr ärgerte, war die Tatsache, daß er nun dauernd an seine Mutter und seine Schwester denken mußte, mehr als je zuvor – dafür war er doch nicht von zu Hause abgehauen? Durch die räumliche Entfernung waren sie ihm nur noch näher gekommen, und nur mit Mühe gelang es ihm, die Gedanken, wie es ihnen wohl jetzt gehen mochte, von sich fernzuhalten.

Das einzig Gute an der ganzen Sache war allerdings, wie er befriedigt feststellte, die Tatsache, daß mit dem Verlust des Geldes nun auch endgültig die letzte materielle Verbindung zu seiner Familie abgerissen war. Die 50 Euro waren immerhin noch eine Art Nabelschnur gewesen, über die er sich von seiner Mutter eine Weile hätte versorgen lassen können. Nun war auch das vorbei. Er war frei und von nun an ganz auf sich alleine gestellt.

Inzwischen – er war sicher schon eine gute halbe Stunde gelaufen – hatte er eine Fußgängerzone erreicht und verlangsamte nun seine Schritte. „Das muß wohl wieder die Innenstadt sein" dachte er und wurde nun unschlüssig, wie es weitergehen sollte.

Er steuerte eine große Blumenrabatte neben einem Kaufhaus an und ließ sich auf einer der dort eingelassenen Sitzbänke nieder, um seinen schmerzenden Beinen eine Pause zu gönnen und sich zu orientieren. Das Bild war ganz ähnlich wie am Vortag vor dem Bahnhofsgebäude: Neben dem steten Strom von Passanten gab es auch hier einige Gestalten, die an diesem Platz ihren ganzen Tag zu verbringen schienen. Sie tranken Bier, pöbelten sich hin und wieder mit grölenden Stimmen an, um sich kurz darauf wieder zuzuprosten oder die Hände zu schütteln und anschließend, stumm vor sich hin starrend, erneut in Gleichmut zu versinken. Es schien wie eine groteske Karikatur menschlicher Umgangsformen, was sich hier vor seinen Augen abspielte, ohne tieferen Sinn und Bedeutung, nur um des theatralischen Effektes willen abgespult, als ginge es darum, sich gegenseitig zu beweisen, daß man trotz allen Elends und trotz des Alkohols noch immer Mensch geblieben war.

Sein Blick blieb an einem Bettler hängen, der ein wenig abseits in einem Hauseingang hockte und an einem Stück Holz herumschnitzte. Vor ihm befand sich eine Plastikdose mit einigen Münzen, doch am stärksten wurde Julius Aufmerksamkeit von einem großen, schwarzen Hund gefesselt, einer Mischung aus Schäferhund und Riesenschnauzer, welcher regungslos neben dem Mann auf dem Boden lag.

Dem Bettler war es nicht entgangen, daß er beobachtet wurde, denn nach einer Weile drehte er sich plötzlich zu Julius um und sprach ihn an:

„Du bist aber auch nicht ganz koscher, was? Hast du was ausgefressen?“ Er lachte, als Julius ihn nur verwirrt anguckte. „Komm mal her, Junge, wir mögen das nicht, wenn man uns anstarrt wie Tiere im Zoo. Nicht war, Herkules? – Komm,“ winkte er Julius herbei, „sag wenigstens dem Herrn Kules guten Tag!“

„Herrn Kules?" fragte Julius, dessen Verwirrung immer größer wurde.

„Ja, meinem Hund", antwortete der Alte. „Er heißt Herr Kules, mußt du wissen. Wenn er mal dein Freund wird, darfst du ihn auch Kules nennen, aber erst mal legen wir Wert auf Förmlichkeiten, nicht wahr, Herr Kules?" Er lachte laut über sein Wortspiel, welches der Hund mit einem Schwanzwedeln quittierte, und auch Julius konnte sich nun ein Grinsen nicht verkneifen.

„Na, nun komm schon her, sag ihm guten Tag!" und während Julius aufstand und unsicher auf das Tier zuging, fuhr er fort: „Halt, langsam, weißt du nicht, wie man einen Hund begrüßt? Erst mal reicht man ihm die Hand. Nein, so nicht. Mit dem Handrücken zuerst, damit er sicher sein kann, daß du nicht plötzlich zupackst. Und dann laß ihn erst mal daran schnuppern!"

Julius tat, wie ihm geheißen, und als der Hund nach eingehender Prüfung anfing, seine Hand abzulecken, meinte der Bettler: „So, jetzt kannst du ihn vorsichtig unter dem Kinn ein bißchen kraulen, genau so. Niemals zuerst von oben auf den Kopf fassen, es gibt Hunde, die mögen das überhaupt nicht. Oder würde dir das gefallen?"

Julius fuhr unwillkürlich zurück, als der Alte eine Bewegung mit der Hand zu seinem Kopf hin machte, was diesen abermals laut auflachen ließ. Der Hund hatte sich inzwischen lang auf dem Boden ausgestreckt und den Kopf so gedreht, daß er Julius eine möglichst große Partie seines Halses für weitere Streicheleinheiten zur Verfügung stellen konnte.

„Er mag dich," meinte der Alte, „du scheinst ganz in Ordnung zu sein. Hunde riechen nämlich sofort, ob jemand Angst hat oder etwas im Schilde führt. Wenn du dich erst einmal beschnuppern läßt, gibst du ihm eine Chance, das zu überprüfen, und er wird dich entweder zu sich einladen oder aber auf Abstand gehen, indem er dich zum Beispiel anknurrt. Dann tust du gut daran, das zu respektieren."

Der Hund hatte sich inzwischen vollständig auf den Rücken gedreht und bot Julius seinen Brustkorb zur Behandlung an. Dieser kraulte ihn gedankenverloren, tastete seinen gesamten Körper ab, fühlte die einzelnen Muskelstränge, die Sehnen, Knochen und Gelenke, und stellte erstaunt fest, wie viele unterschiedliche Arten von Fell die einzelnen Körperzonen aufwiesen, von den groben Grannen auf dem Rücken über die weichen Wirbel am Hals bis zu den nahezu unbehaarten Stellen unter den Achseln. Während der Hund ab und zu ein wohliges Grunzen hören ließ, überließ sich Julius den Vorstellungen, wie es wohl sein mochte, wenn dieser Hund ihm gehören würde. Es war ein alter Kindheitstraum von ihm, einen eigenen Hund zu besitzen, und nun, wo er unter den Menschen gar keinen rechten Platz mehr sein eigen nannte, wurde die Sehnsucht nach einem Tier an seiner Seite noch viel stärker.

Plötzlich unterbrach eine laute Stimme seine Betrachtungen.

„Hallo Professor!", rief einer der Alkoholkonsumenten von der gegenüberliegenden Straßenseite, „hast du dir nen Studenten an Land gezogen?" Seine Mitstreiter quittierten diese Bemerkung mit schallendem Gelächter.

„Professor?" fragte Julius erstaunt.

„Ja", nickte der Alte, „so nennen sie mich hier. Weißt du, hier kennt jeder jeden, und für diese Leute ist jemand, der mehr als einen halben zusammenhängenden Satz sprechen kann, gleich ein Doktor oder Professor. Und da ich sowieso keinen Namen mehr habe, heiße ich eben ‚der Professor'.

„Wieso keinen Namen?" bohrte Julius nach.

„Ich habe keinen Namen mehr, weil ich keine Vergangenheit mehr habe. Es steht zwar noch ein Name in meinem Ausweis, aber das bin nicht mehr ich. Der ist schon lange tot. Ich bin ein Berber."

„Ein Berber?" Julius wurde aus dem allen nicht mehr klug.

„Ja, Berber, Nomaden, die Könige der Wüste, weißt du? Wir sind frei, heute hier, morgen dort, wohin der Wind uns treibt. Das Straßenpflaster ist unser Teppich, und der Sternenhimmel unser Dach. Auf dem Amt nennen sie uns ‚Obdachlose' oder ‚Nichtseßhafte'; wir haben keine Bleibe, kein Türschild – wozu dann noch ein Name?" Damit schien für ihn dieses Thema abgeschlossen zu sein, denn er vertiefte sich wieder in seine Schnitzarbeit. Es mochten einige Minuten vergangen sein, ehe er sich wieder seinem Gesprächspartner zuwandte:

„Nun sag aber mal, wie heißt du denn eigentlich?"

„Julius".

„Aha, antwortete der Professor überrascht, „hast du etwa im Juli Geburtstag?"

„Nein, im April", entgegnete der Junge. „Hm", brummte der Alte, und schien nachzudenken, als er plötzlich schallend auflachte: "Na klar, natürlich, dein Vater hat dich im Juli gezeugt!"

„Mein Vater?" entgegnete Julius unwillig, weil ihm die Erinnerung an seinen leiblichen Vater gar nicht gelegen kam.

„Natürlich dein Vater, wer soll dich sonst gezeugt haben? Oder bist du der Sohn einer Jungfrau? So was soll ja vorkommen, habe ich gehört. Da gab es mal einen, aber mit dem hat's ein böses Ende genommen, es hat ihm also auch nichts genützt. Nein, du hast mit Gewißheit den Namen von deinem Vater bekommen. Mütter nennen ihr Kind vielleicht Jules oder Julian, aber nicht Julius!"

Er lachte noch immer, bis er Julius' betroffenes Gesicht registrierte. "Was ist denn los mit dir? Du siehst ja aus wie sieben Tage Regenwetter! Hat es dir gerade die Petersilie verhagelt?"

Julius druckste herum: „Ich habe keinen Vater mehr!" murmelte er trotzig.

„Ach so", antwortete der Professor sarkastisch, „hast du ihn also nachträglich abgeschafft. Wie praktisch!"

„Er war Spieler", erklärte Julius finster, „und meine Mutter hat ihn rausgeschmissen, als ich vier Jahre alt war."

„Und das glaubst du?" erwiderte der Professor herausfordernd. Er legte seine Hand auf Julius' Schulter, drückte fest zu und sagte, während sein Blick ihn zu durchbohren schien: "Jetzt hör mir mal gut zu, Junge. Daß er ein Spieler war, das glaube ich dir. Aber merk dir eins: Kein Mann auf dieser Welt läßt sich von seiner Frau rausschmeißen. Das sind Geschichten, erzählt von Frauen, die ihren Stolz retten wollen. So etwas gibt es nicht!"

„Es sei denn", räumte er ein, während sein Griff sich lockerte, „es sei denn, der Mann hatte eh schon lange vor, zu gehen, weil irgend etwas ihn zog, das stärker war. Dann kann es sein, daß sich einer in die Wüste schicken läßt; er willigt ein, weil er vielleicht selber zu schwach ist, den entscheidenden Schritt zu tun, oder aus Liebe, er gönnt der Frau den letzten kleinen Triumph, um ihr die Demütigung zu ersparen." Während er die letzten Sätze sprach, schien es Julius, als ob er mit seinen Gedanken ganz woanders sei, und sein Blick sich in der Ferne verlor.

Doch genauso plötzlich hatte er sich wieder in der Gewalt. „Komm", sagte er rasch, während er seine Sachen einsammelte, „du mußt hier weg. Hier ist kein guter Platz für dich. Laß uns gehen!"

Julius und der Hund sprangen fast gleichzeitig auf, und während Herkules sich streckte und reckte, kratzte sich der Junge verlegen am Kopf.

„Du mußt mir nichts mehr sagen", erklärte der Professor. „Du bist zu Hause ausgerückt, das sehe ich dir an. Vielleicht wirst du auch schon gesucht. Dann bist du hier so verkehrt, wie du kaum irgendwo sonst sein kannst. Hier rennen sie dauernd rum, Uniformierte wie Zivile. Sie kennen uns, wir kennen sie. Aber wehe, sie entdecken ein neues Gesicht, und dann noch einen, der augenscheinlich minderjährig ist. Das ist für die wie Weihnachten und Ostern gleichzeitig, die nehmen dich sofort Hopps!"

„Komm, Herkules", rief er dem Hund zu, der bereits in freudiger Erwartung ausgelassen um ihn herumsprang, „wir machen Feierabend; genug gearbeitet für heute!"

Und während er ihn an die Leine nahm und seinen Rucksack schulterte, erklärte er: „Herkules verdient sein Geld im Schlaf. Er liegt einfach nur da, und erregt sofort jedermanns Aufsehen, und selbst Leute, die für einen alten Bettler wie mich keinen einzigen Cent übrig haben, sind dem Hund gegenüber mitfühlend und großzügig. ‚Nein, das arme Tier, das soll doch nicht Hunger leiden!' Und so kommt das Geld in die Kasse, viel mehr, als ich allein je aufbringen könnte!"

Julius nickte zustimmend, hatte er doch selber gerade die Erfahrung gemacht, wie schnell das Tier seine Aufmerksamkeit und seine Zuneigung auf sich gezogen hatte. Und als hätte der Professor ihm seinen Wunsch von den Augen abgelesen, drückte er ihm wortlos die Leine in die Hand. Der

Hund bestätigte den Wechsel der Führungsperson mit einem zustimmenden aufschauenden Blick zu Julius, und gemeinsam zogen die drei Gefährten los.

Es war ein sonniger Sommernachmittag, ein Wetter, das die Menschen fröhlicher und lebenslustiger macht; und selbst, als sie ein schmutziges Industriegebiet durchquerten, war es Julius froh und leicht zumute. Zum erstenmal seit dem Antritt seiner Reise ins Ungewisse hatte er das Gefühl, sich keine Sorgen mehr machen zu müssen, wie es nun wohl weitergehen würde. Er vertraute dem Alten mit seiner bestimmenden Art voll und ganz; vielleicht hatte er sich an dem Hund, der seinem Herrn in treuer Ergebenheit folgte, wohin auch immer er gehen würde, bereits ein Beispiel genommen.

Sie waren schon geraume Zeit unterwegs, als sie schließlich die letzten Gebäude hinter sich ließen. Vor ihnen lagen einige Felder und Wiesen, ausgebreitet wie ein bunter Teppich, der durch die Freilandbeete einer kleinen Gärtnerei noch einige zusätzliche Farbtupfer erhielt, und ein schmaler Pfad führte mitten hindurch auf einen baumbestandenen Deich hin. Obwohl die Sicht durch den Damm noch verdeckt war, verrieten bereits die dumpfen Motorengeräusche die Anwesenheit von Schiffen auf einem Fluß.

„Das muß der Rhein sein", dachte Julius, und auch der Hund wurde zusehends ungeduldiger und zerrte an seiner Leine. Als sie schließlich auf der Deichkrone angelangt waren, und sich vor ihren Augen der breite, gemächlich fließende Strom darbot, gab es für Herkules kein Halten mehr. Der Professor klinkte den Karabinerhaken an seinem Halsband aus, und im gleichen Augenblick schoß der Hund wie ein Blitz hinunter zum Wasser, um dort mit großen Sprüngen das langersehnte Bad zu nehmen.

Die beiden Menschen folgten langsam und gingen nun ein Stück flußaufwärts am Ufer entlang. Hier unten, unterhalb des Deiches, sah und hörte man nichts mehr von der Stadt, und auch die Spaziergänger, die das schöne Wetter aus ihren Wohnungen gelockt hatte, machten sich rar; sie schienen eher die ausgedehnten Wiesen auf der anderen Seite des Flusses zu bevorzugen.

Inzwischen hatten sie sich auf dem Weg über Sand- und Kiesbänke hinweg einem größeren Gebüsch genähert, als sich Julius plötzlich, nur wenige Meter entfernt, einem kleinen, ausgebleichten Zelt gegenübersah. Nun entdeckte er auch neben dem Zelt ein kunstvoll arrangiertes System von aufgespannten Plastikplanen, darunter ein altes Sofa, einen Sessel, und sogar ein verschlissener Teppich fehlte nicht. Der Professor blieb stehen und breitete die Arme aus:

„Herzlich willkommen in der Villa Rheinblick!" rief er mit unverkennbarem Stolz aus.

Julius war sprachlos. Das hatte er nicht erwartet!

„Du siehst, fuhr der Alte fort, „alles nur vom Feinsten", und winkte dann den Jungen näher zu sich heran: „Komm her, ich muß dir was sagen". Er beugte sich zu ihm, setzte eine bedeutsame Miene auf, und flüsterte ihm ins Ohr:

„Du stinkst!"

Julius fuhr erschrocken zurück, was bei dem Alten einen heftigen Lachanfall auslöste. Prustend und glucksend kroch er in sein Zelt, um gleich darauf mit einem kleinen Gegenstand in der Hand wieder hervorzukommen. Er warf ihn Julius zu, der ihn reaktionsschnell auffing und sofort erkannte, daß es sich um ein Stück Seife handelte, in dessen Mitte der Alte ein Loch gebohrt hatte, um ein Stück Bindfaden hindurchzuziehen.

Julius schaute ihn ratlos und verlegen an.

„Na, was ist, worauf wartest du?" feixte der Professor und stemmte die Hände in die Seiten. „Ach so, du wolltest ein Zimmer mit Bad und WC haben, ich verstehe. Ist aber leider alles ausgebucht. Nur noch fließendes Wasser!" und als Julius immer verständnisloser anschaute, fuhr er mit einer weit ausholenden Handbewegung fort:

„Dreh dich um. So viele Kubikmeter, wie hier in jeder Sekunde vorbeifließen, hat die ganze Stadt nicht zur Verfügung!"

„Du meinst, ich soll..." stammelte Julius fassungslos. Doch der Alte antwortete nicht. Stattdessen begann er sich auszuziehen, und stieg nun splitternackt ins Wasser hinunter.

„Zier dich nicht so", rief er dem verdutzten Jungen zu, „das ist hier normal. Was meinst du, wer am Wochenende alles von weit her an diesen Strand kommt, nur um seinen Dödel in die Sonne zu hängen! Also komm schon!"

Julius legte nun auch zögernd die Kleider ab, behielt die Unterhose aber an. Sollte sie doch naß werden, sie würde schon auch wieder trocknen!

„Gute Idee", spottete der Alte, „die Unterhose gleich mit zu waschen. Und häng dir die Seife um den Hals, ist mein einziges Stück, hab keine Lust, daß sie verloren geht!"

Das Wasser war angenehm kühl, dennoch war es Julius nicht ganz geheuer. Der Professor merkte das und deutet in die Ferne: „Siehst du den Vogel dort hinten?" Julius nickte, als er einen schwarzen Schatten über das Wasser streichen sah. „Ein Kormoran", erklärte der Alte. „Es sind viele davon hier. Vor zehn Jahren gab es sie hier noch nicht. Weißt du, warum er hier ist?"

Julius zuckte nur mit den Schultern.

„Weil es hier Fische gibt, viele Fische, Ich will damit sagen, das Wasser ist sauberer, als du vielleicht denkst."

Julius nahm diese Worte zum Anlaß, jeglichen Widerstand gegen das Geschehen aufzugeben und fing an, ausgiebig in dem kühlen Naß zu schwimmen und zu plantschen.

„Vergiß nicht, dir die Haare zu waschen", rief ihm der Professor zu, „die sind ziemlich fettig!"

„Das ist Gel!" antwortete Julius trotzig, aber vergnügt.

„Gel oder nicht", entgegnete jener kopfschüttelnd, „was ihr alles anstellt, nur um bloß nicht so aussehen zu müssen, wie der liebe Gott euch geschaffen hat. Wenn ihr jung seid, trimmt ihr euch auf älter, und wenn ihr dann tatsächlich so alt geworden seid, wie ihr schon die ganze Zeit ausgesehen habt, dann müßt ihr wieder stundenlang dran arbeiten, um jünger zu erscheinen."

Er schwamm mit ein paar kräftigen Stößen ins tiefere Wasser, ließ sich ein Stück weit treiben und schickte sich dann an, den Fluß wieder zu verlassen. Julius, der inzwischen selbst eingesehen hatte, daß es mit seiner Gel-Frisur nach über vierundzwanzig Stunden ohnehin nicht mehr sehr weit her war, hatte sich noch einer Haarwäsche unterzogen und kam dann ebenfalls aus dem Wasser.

Der Alte reichte ihm sein Handtuch: „Hab leider nur das eine", entschuldigte er sich, „es wird aber jede Woche gewaschen."

Julius beobachtete ihn verstohlen, während jener sich anzog. Nach dessen athletischem Körper zu urteilen, konnte er noch gar nicht so alt sein, wie Julius zunächst vermutet hatte, er wagte aber auch nicht, ihn danach zu fragen. Es waren die

Gesichtszüge mit ihren zahlreichen tiefen Falten, die den Mann so bejahrt erscheinen ließen.

„Weißt du übrigens", unterbrach der Professor seine Betrachtungen, „wie der Teufel die Seelen auswählt, die er mit zur Hölle nehmen will?" Julius verneinte, neugierig, was nun wieder für eine Erklärung folgen würde.

„Nun, ganz einfach. Er geht immer der Nase nach. Wenn jemand im Begriff ist, sich selbst aufzugeben und seine Seele zu verlieren, dann fängt das meistens damit an, daß er sich nicht mehr wäscht. Ich habe das schon oft genug beobachtet. Merk dir das gut! Wer anfängt, seinen Körper zu vernachlässigen, mit dem geht es bald zu Ende. Und den wird alsbald der Teufel holen, so läuft das!"

Es schien, als habe er die letzten Sätze mehr zu sich selbst gesprochen, wie jemand, dem eine ständige Bedrohung im Nacken sitzt, und die er sich durch beschwörende Rituale vom Leibe halten will. Ohne auf eine Antwort zu warten, drehte er sich um und verschwand in seinem Zelt.

Julius blieb am Ufer sitzen, genoß die letzten Strahlen der Nachmittagssonne und wartete darauf, daß seine Unterhose trocknen würde. Er brauchte sich nicht zu langweilen, da Herkules unermüdlich irgendwelche Holzstücke herbeischleppte, um dann Julius durch lautes Gebell solange auf die Nerven zu fallen, bis dieser einen der Stöcke in hohem Bogen ins Wasser warf. Augenblicklich stürzte Herkules sich hinterher, rettete das Holz vor dem Untergang in den Fluten, apportierte es, und das ganze Spiel begann aufs Neue, ein ums andere Mal.

Er hatte das Tier in den wenigen Stunden bereits tief in sein Herz geschlossen. Es erstaunte ihn selber, wie schnell er dem Hund vertraute, wo er gleichzeitig Menschen gegenüber so argwöhnisch und mißtrauisch war. „Ist es, weil der Hund ohne Einschränkung meine Überlegenheit anerkennt?" fragte er sich, „oder ist es, weil ein Tier nicht lügen kann?"

Er kam jedoch zu keinem Ergebnis und verwarf diese Überlegungen wieder. Er spürte nur, daß es ihm gut tat, mit einem Lebewesen zusammen zu sein, das keine Fragen stellte und keine Belehrungen zum Besten gab.

„Eigentlich bin ich viel zu kompliziert", dachte er, „und der Hund ist genau das Gegenteil davon. Offenbar haben die Menschen Sehnsucht nach dieser Art von Kontakt. Warum sonst gibt es so viele Hunde? Vielleicht waren wir früher, in der Steinzeit, auch mal so, bevor wir angefangen haben zu grübeln und zu mißtrauen. Oder war das nur im Paradies so? Jetzt brauchen wir Hunde, damit sie uns daran erinnern, wie wir eigentlich sein könnten!"

Es war ihm schon oft aufgefallen, daß Hundebesitzer fröhlichere und kontaktfreudigere Menschen sind, so, als würden sie von ihren Tieren angesteckt. Zumindest mußte er sich selber eingestehen, daß seine Laune sich deutlich gebessert hatte, seit er mit Herkules zusammen war. Das stupide Spiel mit den Stöckchen tat ihm auf jeden Fall gut, und zufrieden räkelte er sich in der Sonne. Konnte es nicht einfach immer so bleiben?

Eine kühle Brise riß ihn aus seinen Träumen. Nein, nichts würde so bleiben, alles kommt und geht auch wieder, genauso wie die Sonne, die sich jetzt anschickte, unterzugehen und diesen Tag zu beenden.

Ihn fröstelte. Er beschloß, sich der noch immer klammen Unterhose zu entledigen und ohne dieselbe in seine Jeans zu steigen. Die Unterhose würde auch am Feuer trocknen können, dachte er, denn er hatte bereits wahrgenommen, daß sich oben beim Zelt eine Rauchsäule kräuselte. Der Professor hatte aus ein paar Steinen und einem alten

Drahtrost einen kleinen Herd konstruiert, auf dem ein zerbeulter Wasserkessel vor sich hin zischte.

„Was essen wir heute?" fragte der Alte, als Julius näher kam.

„Keine Ahnung?", stammelte Julius verwirrt.

„Hm", brummte er daraufhin, „wir haben die Wahl zwischen Chappi mit Rind oder den Wurstresten vom Metzger".

„Chappi?" fragte Julius angewidert. „Du meinst Hundefutter?"

„Ja natürlich", entgegnete der Professor in vollem Ernst, „wir essen das oft. Das ist erstens lecker, zweitens billig und außerdem gesund. Du glaubst gar nicht, wie viele Lebensmittelchemiker sich damit schon beschäftigt haben. Für unsere Hunde nur das allerbeste! Davon kann eine Fleischwurst vom Metzger nur träumen".

Doch als er Julius' zweifelnden Blick sah, lenkte er ein: „Na gut, also Fleischwurst."

Er öffnete eine Tüte und ließ einige Wurstenden auf seinen Teller purzeln.

„War eigentlich für den Hund gedacht, jedenfalls meint die Metzgerin das. Mir würde sie keine Wurst kostenlos überlassen, vermute ich."

Er begann die Wurstreste in kleine Stücke zu schneiden und holte dann aus einer Kiste ein Stück altes Brot, daß sich nicht mehr in Scheiben, sondern ebenfalls nur in Würfel schneiden ließ. „Vom Bäcker gnädig überlassen", entschuldigte er sich. „Der weiß, daß ich eh nichts bei ihm kaufen würde, also gibt er mir diese Kanten, damit ich wieder verschwinde".

„Mir macht das nichts aus", fiel ihm Julius ins Wort, und das entsprach durchaus der Wahrheit. Er hatte schon wieder mordsmäßigen Hunger, und so war es ihm egal, wie alt das Brot sein mochte. Der Hund freute sich derweil an seiner Chappi-Ration, was ihn aber nicht davon abhielt, von Julius das ein oder andere Stück Brot oder Wurst zu erbetteln.

Schließlich brachte der Alte noch eine Flasche Rotwein zum Vorschein, schraubte den Verschluß ab und füllte seine Tasse mit den Worten: „Nicht für euch, ihr beiden, das ist das Schlafmittel für den alten Professor".

Julius, der überhaupt keinen Drang nach Alkohol mehr verspürte, sah ihm nachdenklich zu, wie er eine Tasse nach der anderen leerte. Als er damit aufhörte, hatte er sicher einen ganzen Liter Wein getrunken, wie Julius insgeheim nachrechnete. Der Alte schien ihm plötzlich wieder fremd und unnahbar zu sein, als sei plötzlich ein Schleier über ihn gefallen.

„Du kannst hier auf dem Sofa schlafen. Deck dir den Kopf zu, wegen der Mücken", hörte er ihn noch nuscheln, dann stand der Alte schwerfällig auf und verschwand ein wenig unbeholfen in seinem Zelt. Es war eigentlich noch nicht sehr spät, und Julius verspürte noch keine Müdigkeit, aber da die Sonne bereits untergegangen war und es keine künstliche Beleuchtung gab, die man der einbrechenden Dunkelheit hätte entgegensetzen können, machte er es sich auf dem Sofa bequem.

Es dauerte lange, bis er einschlief, denn in der Dunkelheit schienen die Geräusche, die von allen Seiten über das Wasser zu ihm drangen, lauter und lauter zu werden und immer näher zu kommen. Er hörte Autos und Straßenbahnen, Hundegebell und menschliche Stimmen, und es schien ihm, als würde der Fluß, der nun nahezu schwarz erschien, unaufhörlich bedrohlich vor sich hin murmeln.Er schlief unruhig und wachte oft aus seinen Träumen auf. Da waren Oliver und eine Bande von Jugendlichen, die ihm, als er nackt im Rhein badete, die Kleider stahlen und laut johlend davonliefen; da war der Professor, der plötzlich schwefelgelb im Gesicht anlief, Hörner auf der Stirn hatte und ihn mit einer Mistgabel verfolgte: „Ich kriege dich, du Stinktier, ich rieche dich überall, du entkommst mir nicht!" rief er dabei immer wieder. Da war Sandra, die junge Mutter, nun mit einem leeren Kinderwagen, die ihn vorwurfsvoll ansah und rief: „Du hast mir mein Kind gestohlen, gib mir mein Kind zurück!" Und er meinte auch, plötzlich wieder die schöne Frau mit den Schlangenhaaren zu sehen, die auf dem Wasser des Flusses wandelte und ihm zuwinkte, er möge doch zu ihr kommen.

Jedesmal, wenn er wach wurde, tastete er mit der Hand nach Herkules, der sich neben dem Sofa auf dem Boden eingerollt hatte. Der warme Körper mit seinen gleichmäßigen Atemzügen beruhigte ihn; er fühlte sich behütet und beschützt, so daß er wieder einschlafen konnte, zumindest solange, bis der nächste Traum ihn wieder aufschreckte.

Am anderen Morgen stand er früh auf. Der Himmel begann sich gerade zu röten und kündigte den Sonnenaufgang an. Julius lief am Ufer auf und ab, heilfroh, daß die Dunkelheit mit ihren Trugbildern verschwand und alles sich wieder in der gewohnten und vertrauten Ordnung wiederfand.

Ein neuer Tag begann, einer von vielen, die Julius schon bald gar nicht mehr zählte. Der Alte verschwand jeden

Morgen mit dem Hund in die Stadt, „anschaffen", wie er es nannte. Er verbot Julius aufs Strengste, ihm zu folgen; er solle sich versteckt halten, und wenn ungebetener Besuch auftauchte, lieber das Weite suchen.

So saß denn Julius viele Stunden am Fluß, schaute den Frachtern nach, die nach Rotterdam oder Basel unterwegs waren, spielte wie ein kleines Kind mit Sand und Kieseln, baute kleine Festungen und freute sich, wenn ein großes Schiff vorbeikam und mit seinem Wellenschlag alles wieder zunichte machte. Ab und zu kamen Spaziergänger vorbei, grüßten auch hin und wieder freundlich, ließen ihn aber darüber hinaus in Ruhe. Er begann sich mehr und mehr heimisch zu fühlen, dachte nicht mehr viel nach, und auch die furchterregenden Träume verschwanden zusehends.

Eines Abends, als sie wieder beim kargen Abendbrot zusammen saßen – Julius weigerte sich immer noch strikt, Hundefutter zu verzehren – merkte er, daß der Alte ihn eindringlich anschaute. Als ihre Blicke sich trafen, fragte dieser ihn: „Sag mal, Julius, was ist eigentlich mit deinem Vater?"

„Meinem Vater?" fragte Julius erstaunt und zog die Augenbrauen hoch, „ich kenne ihn eigentlich gar nicht. Ich war vier Jahre alt, das weißt du doch!"

„Du kennst ihn besser, als du glaubst", erwiderte der Professor und atmete tief durch.

„Wenn du etwas über ihn erfahren willst, dann hast du zwei Möglichkeiten. Die eine besteht darin, daß du deine Mutter über ihn befragst. Die wird die dann eine Menge Geschichten erzählen, ihre Geschichten, und hat das ja offensichtlich auch schon getan. Die andere Möglichkeit ist: Schau in dein Herz. Dort findest du die Wahrheit."

„Ich weiß nur, daß er ein Spieler war, daß er das ganze Geld, unser Geld, verzockt hat", antwortete Julius ausweichend.

„Das ist, wie gesagt, eine Geschichte", bestätigte der Professor, „vielleicht ist was Wahres dran, aber es ist trotzdem nur eine Geschichte, voller Wertungen und Urteile. Wer war dein Vater wirklich?"

„Wie soll ich das wissen?" erwiderte Julius trotzig.

„Indem du in dein Herz guckst. Du bist voller Vorwurf gegen deinen Vater, aber im Grunde deines Herzens bist du genau wie er."

„Wie meinst du das, ‚genau wie er'?"

„Das weiß ich nicht. Ich weiß nur, daß es immer so ist. Du übernimmst die Vorwürfe deiner Mutter, stellst dich auf ihre Seite, aber insgeheim, in deiner tiefen Seele, gibst du ihm Recht."

Er stand auf und begann, auf und ab zu gehen. „Schau doch mal in den Spiegel. Was tust du, wenn es in deinem Leben plötzlich Schwierigkeiten gibt? Wenn du nicht mehr weiter weißt? Behauptest du deine Stellung? Fängst du an zu kämpfen? Beißt du dich durch? Oder gibst du auf und läufst weg?"

Julius wurde es unbehaglich zumute. „Meinst du, weil ich abgehauen bin?"

Der Alte blieb stehen. „Ich kenne deine Antwort nicht", räumte er ein, „aber was ich sehe ist, daß dein Vater einfach abgehauen ist, seine Familie im Stich gelassen hat, weil etwas in sein Leben getreten ist, das stärker war. Er ist dem Stärkeren gefolgt. Er mußte es tun, es hat ihn nicht mehr losgelassen, es war wie ein Dämon, und er hat nicht mehr nach rechts oder links oder gar nach hinten geschaut. Er ist geradewegs in sein Schicksal hineingelaufen."

Der Professor nickte vielsagend, setzte sich wieder hin und schenkte sich eine Tasse Wein ein. Julius starrte ihn mit offenem Mund an; es hatte ihm die Sprache verschlagen.

„Du bist wie er", fuhr der Professor fort, „und ich möchte, daß du das weißt. Du läufst auch einfach fort, ohne zu wissen, wohin. Du läßt deine Familie einfach sitzen, wie er. Du machst es ihm nach, du bist ihm auf den Fersen!"

Er trank seine Tasse leer, nickte ihm zu und wiederholte noch einmal: „Ich möchte, daß du das weißt!"

Julius schaute betroffen zu Boden.

Er versuchte einen klaren Gedanken zu fassen, aber das Gefühl war stärker; das Gefühl, daß der alte Professor recht hatte und ihn tief in seinem Herzen getroffen hatte. Er versuchte sich vorzustellen, wie sein Vater jetzt wohl aussehen könnte, ob er auch wie der alte Professor irgendwo in der Einsamkeit an einem Fluß hausen würde, und er wurde sich auch schmerzlich bewußt, daß er insgeheim diesen Alten schon wie einen Vater zu verehren begonnen hatte, ja, sich schon mehrfach bei dem Wunsch ertappt hatte, dieser Alte möge ihn als seinen Sohn annehmen und bei sich behalten. Er schaute ihn an, mit Tränen in den Augen und einem Herz, das vor Dankbarkeit und Zuneigung fast überquoll, aber er mußte enttäuscht feststellen, daß der Alte sich bereits wieder seinem Rotwein zugewendet hatte. Er schwenkte den Rest in der Tasse hin und her, und schien in eine ganz andere, eigene Welt versunken zu sein.

„Ich kannte mal einen", begann er mit einer fremdartig klingenden Stimme zu erzählen, „der war nur wenige Jahre älter als du. Er hatte seine Schule beendet und einen Beruf erlernt. Aber er war noch nicht zufrieden, er wollte weiter, Maschinenbau studieren und Ingenieur werden. Also sparte er fleißig, und als er genug beisammen hatte, begann er sein Studium. Er lernte ein Mädchen kennen und verliebte sich in sie. Die ganze Welt schien ihm offen zu stehen."

Er trank seine Tasse leer, füllte sie wieder mit Wein, und ohne Julius anzusehen, fuhr er fort: „Ihre Liebe war fruchtbar. Sie wurde schwanger, und bald darauf heirateten sie. Sie bezogen eine gemeinsame Wohnung, die vielleicht ein bißchen zu teuer war, sie richteten sich ein, schick und fein, und kauften ein Auto – vielleicht ein bißchen zu groß. Als die Ersparnisse aufgezehrt waren, nahmen sie Kredite auf. Er brach, nachdem er einige Klausuren versiebt hatte, sein Studium ab und ging ins Stahlwerk, auf Wechselschicht.

Es war kaum ein Jahr vergangen, da hatten sie das zweite Kind. Die Kinder schrieen viel. Wenn er morgens zur Frühschicht ging, hatte er kaum geschlafen; wenn er von der Nachtschicht nach Hause kam, war an Schlaf auch kaum zu denken. Um sich zu beruhigen, fing er an zu trinken.

Als er merkte, daß ihm bei der Arbeit die Hände zitterten, fing er auch dort zu trinken an. Zuerst nur ein paar Bier, dann immer mehr. Bald waren es solche Mengen, daß er sie nicht mehr unbemerkt in den Betrieb schmuggeln konnte. Er stieg auf härtere Sachen um. Auf der Arbeit Wodka, zu Hause Weinbrand. Keiner merkte etwas.

Bis er eines Tages im Betrieb einen Unfall verursachte mit Sachschaden im sechsstelligen Bereich. Blutprobe. Entlassung. Er war arbeitslos, aber verheimlichte es vor seiner Frau. Er ging weiterhin jeden Tag mit seiner Tasche zu Hause los, eine Woche früh, eine Woche mittags, eine Woche abends. Er trieb sich herum und trank. Er versuchte aufzuhören, aber er brauchte nur an die Frau und die Kinder zu denken, dann packte ihn wieder die nackte Verzweiflung, und er trank weiter.

Eines Tages, als er nach Hause kam, fand er seine Frau in Tränen aufgelöst vor. Der Gerichtsvollzieher war dagewesen, und nun ließ sich nichts mehr verheimlichen. Er schämte sich in Grund und Boden. Es versprach hoch und heilig, mit dem Trinken aufzuhören, auf der Stelle loszugehen und sich eine neue Arbeit zu suchen. Er stand auf und ging. – Sie hat ihn nie mehr wiedergesehen.‘‘

Julius wagte nicht, sich zu rühren. Der Alte schien wie in einer Trance erstarrt zu sein und schaute in seine Tasse, als wolle er deren Boden mit den Augen durchbohren.

Plötzlich ging ein Ruck durch seinen Körper, und er schaute Julius an. Sein Blick war glasig, als er fortfuhr: „Heute ist er fast trocken. Er trinkt nur noch abends, jeden Abend eine Flasche Rotwein, um schlafen zu können. Denn jede Nacht, sobald es dunkel ist, kommt die Vergangenheit wieder auf leisen Sohlen zu ihm gekrochen und geht ihm wie ein kaltes Messer unter die Haut, läßt ihm keine Ruhe. Es ist wie ein furchtbares Ungeheuer, es fletscht die Zähne und streckt die Krallen nach ihm aus – die Nächte sind die Hölle!‘‘

Er seufzte tief. „Ich weiß gar nicht, warum ich dir das alles erzähle. Ich habe das noch niemandem erzählt!‘‘

Julius wurde mit einem Male klar, wieso ihm der Professor so alt erschien. Es waren seine Gesichtszüge, vor allem aber seine Augen, die ihn so müde, verbittert und resigniert erscheinen ließen. Zwar besaß er durchaus auch Humor, aber der war in der Regel sarkastisch und zynisch. Als sich der Alte nun schwerfällig erhob und zu seinem Zelt schlurfte, da wußte Julius, daß er einen gebrochenen Mann vor sich hatte. Zum erstemal, seit er ihm begegnet war, fühlte er sich wieder einsam.

In der Nacht hatte es zu regnen begonnen, und es schien, als wolle es gar nicht mehr aufhören.

Es war längst heller Tag, als Julius erwachte, aber da die Sonne nicht schien, konnte man die Tageszeit schlecht einschätzen. Obgleich Julius unter seiner Plastikplane im Trockenen saß, fröstelte es ihn. Die Feuchtigkeit war allgegenwärtig, und alles, was er am Körper trug, fühlte sich klamm und kalt an.

Der Hund hatte neben ihm auf dem Sofa Platz genommen und harrte demütig auf den weiteren Verlauf der Dinge. So verging Stunde um Stunde, und es war sicher bereits Nach-mittag, als der Professor sichtlich schlecht gelaunt aus dem Zelt gekrochen kam und sich zu den beiden gesellte.

„Du mußt hier weg!" stellte er lakonisch und schroff fest.

Julius zuckte vor Schreck zusammen. Er wollte etwas sagen, brachte aber kein Wort über die Lippen.

„Du mußt weg", wiederholte der Alte, „das ist hier nicht der richtige Ort für dich."

Er schaute Julius traurig, aber zugleich auch wohlwollend an und fuhr fort: „Für dich ist das jetzt noch alles schön und nett hier, wie eine Art Urlaub. Aber der Sommer ist bald vorbei." Er atmete schwer.

„Für mich ist das hier bittere Realität, die letzte Station meines Lebens. Der Rest von dem, was ich noch zu leben imstande bin. Verstehst du? Das hier ist die allerunterste Etage, darunter kommt nur noch die Grasnarbe. Tiefer kann man nicht sinken."

In Julius regte sich ein verzweifelter Protest, der aber keine Worte fand.

„Du glaubst mir nicht, das sehe ich", fuhr der Alte fort, „du glaubst noch an die unbegrenzten Möglichkeiten, und du hast ja auch recht, was dich betrifft. Aber wenn du erst einmal einen Winter hier draußen zugebracht hast, versucht hast dich in dem kalten Fluß zu waschen und bei minus zehn Grad auf der Straße zu sitzen und zu betteln, dich nachts schlafen legst mit drei Hosen und fünf Pullovern übereinander und die Kälte dir die Lippen zerreißt, wenn die Nächte gar nicht mehr aufhören wollen und viel länger dauern, als du schlafen kannst, dann zerbricht irgendwann etwas in dir. Dann bist du für den Rest deines Lebens gezeichnet, es gibt kein zurück mehr."

Er schüttelte traurig den Kopf.

„Die Straße und das Meer geben keinen mehr her. Diesen Spruch habe ich von einem Berber aus Hamburg gehört. Er ist wahr. Es gibt ein gewisses Maß an Demütigung, von dem erholt man sich nicht mehr."

Julius spürte, daß ihn nun neben der Kälte ein unbestimmtes Grauen beschlich. Der Alte sah das, und es war auch ganz in seinem Sinne. Er setzte alles daran, den Jungen zu vergraulen, denn er hatte bestürzt festgestellt, wie nahe sie sich beide schon gekommen waren, wußte aber auch, daß das für den Jungen nicht gut ausgehen würde. Es war grausam, aber es mußte sein, und er wollte es ihm wenigstens erklären, so gut es ging.

„Sieh mal", sprach er weiter, „was denkst du, warum von den Berbern, oder nenn sie meinetwegen auch Penner, keiner im Lotto spielt?"

„Ich denke, weil keiner genug Geld hat", vermutete Julius.

„Quatsch", entgegnete der Professor, und zum erstenmal umspielte wieder ein leichtes Lächeln seine Lippen, „wer

Geld für Schnaps hat, hat auch Geld für Lotto. Nein, er ist, weil jeder Angst davor hat, er könnte etwas gewinnen. Gewinnen, das kommt in unserem Leben nicht vor. Es wäre eine Katastrophe, denn es würde von uns verlangen, daß wir Entscheidungen treffen, daß wir Veränderungen zulassen – das wäre die Hölle!"

Er schnaufte und sah Julius mit einem bohrenden Blick an.

„Wir haben unsere Welt so eingerichtet, daß wir andere entscheiden lassen, ob wir den nächsten Tag überleben, ob wir was zu Fressen oder zum Schlafen haben. Wir sind Opfer, und haben aufgehört, uns dagegen zu wehren."

Er seufzte tief.

„Da kommt fast jede Woche einmal dieser Sozialarbeiter zu mir und quatscht mich voll, ich solle doch an seinem Zeitungsprojekt mitarbeiten, und er würde mir auch helfen, eine Wohnung zu bekommen. Er kann einfach nicht begreifen, daß ich mich entschieden habe, an diesem ganzen Zirkus nicht mehr teilzunehmen, ein für allemal. Ich will es nicht, und ich kann es auch nicht, ich habe nicht mehr die Kraft dazu."

Er setzte sich nun auf den Boden vor dem Sofa, Julius und Herkules zu Füßen.

„Du bist zu Hause weggelaufen, und hast mir bis heute noch nicht sagen können, warum. Na gut, es geht mich auch nichts an. Aber hör mir mal gut zu: Für dich ist es bis jetzt noch ein Spiel, du kokettierst damit, du probierst es ein bißchen aus, wie es ist, zu allem Nein zu sagen. Du hast es noch nie erlebt, wie es ist, wenn das Leben plötzlich „nein" zu dir sagt. Für mich ist es todernst. Das unterscheidet uns, deshalb gibt es für uns nichts Gemeinsames mehr. Und wenn du erst mal den Zeitpunkt verschlafen hast, wo aus dem Spiel plötzlich Ernst wird, dann ist es zu spät."

Er blickte Julius lange an, um die Wirkung seiner Worte zu überprüfen.

„Ich habe schon eine Menge deinesgleichen gesehen. Sie spielen herum, mal hiermit, mal damit, mal mit Alkohol, mal mit der Nadel, und ehe sie sich versehen, hat der Dämon sie am Wickel und läßt sie nicht mehr los. Sie reden sich ein, sie könnten ja jederzeit wieder aufhören, und der Dämon lacht sie aus und läßt sie in dem Glauben, aber er weiß es besser."

„Junge", sagte er, legte seine Hand auf Julius' Knie und drückte es wie mit einem Schraubstock zusammen, so daß diesem ein Schmerzensschrei entfuhr, „vergiß nicht, was ich dir gesagt habe. Du bist aus gutem Holz geschnitzt, aus dir kann noch was werden. Du weißt noch nicht, wo du hingehörst, aber du wirst deinen Platz schon finden. Ich habe aber schon viele gesehen, die sind einfach zu blöd gewesen und wie die Motten in die Flammen getaumelt. Also hör gut zu: Bevor du den nächsten Schritt tust, überlege dir, wo du eigentlich hin willst. Nur einfach weg zu wollen, das ist zu wenig. Du findest dich plötzlich irgendwo wieder, wo du eigentlich nie hinwolltest, in einer Gesellschaft von lauter Taumelkäfern, die nie gewußt haben, was sie eigentlich wollen, und nun wie Kaffeesatz ganz unten angekommen sind. Und wenn es erst so weit gekommen ist mit dir, dann stellst du fest, daß du nicht mehr die Kraft hast, weg zu wollen. Du klebst am Fliegenfänger, und es zieht dich unweigerlich immer tiefer.

Julius nickte, und zum erstenmal kamen ihm, dem Schweigsamen, die Worte flüssig über die Lippen:

„Ich glaube es dir. Jedem anderen, der mir so etwas erzählt, hätte ich vor Abscheu vor die Füße gekotzt. Ich habe schon so viele Sprüche gehört: ‚Tu dies nicht, mach das nicht, du mußt dich entscheiden, du mußt doch wissen was du willst', daß mir ganz schlecht davon ist. Weißt du, du mußt dir so was anhören von Leuten, die selber gar nicht wissen, was sie wollen, die immer in die Fußstapfen von anderen getreten sind und nie etwas riskiert haben. Du hast gesagt, ich würde meinem Vater folgen. Aber die anderen alle? Sie folgen auch blind ihren Vätern, Großvätern, Urgroßvätern...keiner findet etwas dabei und die behaupten alle, sie wüßten, was sie wollen. Sie schlagen ihre Kinder, betrügen ihre Frauen und belügen ihre Freunde – was ist das für ein Leben?"

Er hielt kurz inne und faßte den Professor bei der Hand: „Ich habe dir vertraut und vertraue dir auch jetzt, weil du ehrlich bist. Und ich weiß auch, daß du mich fortschickst, weil du es gut mit mir meinst, und ich werde gehen. Es tut mir leid um dich und um Herkules..."

Er brach ab. Mühsam versuchte er, seine Trauer herunterzuschlucken, die ihm wie ein Kloß im Halse saß, doch als er nun sah, wie dem Alten die Tränen über das Gesicht liefen, da gab es auch für ihn kein Halten mehr. Laut schluchzend warf er sich ihm in die Arme und weinte sich mit bebendem Körper den ganzen angestauten Kummer von der Seele.

Sie hielten sich noch lange umschlungen, und Julius begann, während sein Schluchzen allmählich nachließ, langsam und gleichmäßig zu atmen. Schließlich löste er sich wieder von dem Alten, dessen kariertes Flanellhemd an der Stelle, in die Julius seinen Kopf vergraben hatte, ganz naß geworden war, und sie schauten sich an.

Der Professor zwinkerte mit den Augen: „Bevor wir jetzt völlig in Sentimentalität versinken, laßt uns lieber Taten sehen. Ich habe da eine Idee. Komm, pack deine Sachen, wir werden unseren Kaplan aufsuchen!"

Wortlos fing Julius an, seine wenigen Habseligkeiten einzusammeln. Dabei stellte er erstaunt fest, daß es gar nicht mehr regnete. Zwar war der Himmel noch stark bewölkt, aber die Wolken hatten jetzt klare Konturen, helle und dunkle Zonen, während vorher alles unerbittlich gleichförmig grau gewesen war. Fast mochte man meinen, die ersten Sonnenstrahlen erahnen zu können, so hell war es inzwischen geworden. Mit gierigen Atemzügen sog Julius die frische, noch regenschwere Luft ein. Langsam kehrte auch wieder Klarheit in seine Gedanken ein.

„Wer ist den der Kaplan?" wollte er nun wissen, während er sich beeilen mußte, dem Professor zu folgen, der sich bereits mit Herkules auf den Weg gemacht hatte.

„Na, ein Kaplan eben", antwortete dieser, „wirst schon sehen, der ist in Ordnung. Er kommt mich ab und zu besuchen, bringt ein bißchen Kaffee oder Tee mit, und wir plaudern dann ein wenig, Das ist ganz anders als bei den Sozialarbeitern, die sich ‚Street-Worker' nennen und furchtbar schlau tun. Die behandeln mich oft wie ein dummes kleines Kind und wollen mich dauernd retten. Dabei geht es denen eigentlich gar nicht um mich. Sie benutzen mich, oder würden es gerne tun, wenn ich mitspielen würde, um ihre Erfolgsbilanz aufzupolieren, damit ihr Projekt verlängert wird. Das einzige, was diese Klugschwätzer wirklich retten wollen, ist ihr Arbeitsplatz!"

Er ließ ein verächtliches Schnaufen hören.

„Der Kaplan ist ganz anders. Der nimmt mich so, wie ich bin, respektiert mich und meine Lebensweise und achtet meine Entscheidung. Er kann zuhören. Er weiß, daß jeder Mensch wertvoll ist und man von jedem etwas lernen kann. Ich freue mich jedenfalls immer, wenn er kommt, und will ihn mir warmhalten. Vielleicht stimmt es ja doch, was die

Leute erzählen, mit Himmel und Hölle und so, und da ist es gut, jemanden zu haben, der ein gutes Wort für mich einlegt, wenn die da oben mich nicht reinlassen wollen."

Julius lachte vergnügt. Es freute ihn, wenn der Alte trotz der bewegenden Szenen immer wieder zu seinem trockenen Humor zurückfand, bei dem man nie genau wußte, ob er es nun ernst meinte, oder einen auf die Schippe nehmen wollte.

Sie befanden sich jetzt in irgendeinem Vorort der Stadt, der früher einmal ein eigenständiges Dorf gewesen sein mußte; alte Häuser und umgebaute Gehöfte zeugten noch davon. Hin und wieder konnte man dazwischen auch einen Blick auf einen kleinen Kirchturm erhaschen, den der Professor zielstrebig anzusteuern schien.

Im gleichen Augenblick, als sie das Kirchlein erreichten, brach die Sonne durch die Wolken und tauchte das Gebäude samt dem angrenzenden kleinen Kirchhof mit den großen, alten Platanen in ein strahlendes Licht. Ehrfurchtsvoll blieb Julius einen Moment lang stehen. ‚Das muß ein gutes Omen sein', dachte er, der bislang für Kirchen nicht viel übrig gehabt hatte, um dann hinter dem Professor herzueilen, der gerade an einer kleinen Tür klingelte.

Eine alte, rundliche Frau in einem blauen Arbeitskittel öffnete ihnen.

„Dä Kaplan, dä is in sein Büro!" teilte sie den Besuchern mit, wobei sie die Betonung auf das ‚ü' legte, und winkte sie herein. Der Professor marschierte zielstrebig auf eine offenstehende Türe zu, wo sich ein junger Mann von seinem Schreibtisch erhob.

„Ach, der Professor!" rief er freudig aus und schüttelte ihm die Hand, „komm rein!" und als er Julius sah, fügte er hinzu, „Sie auch, setzt euch doch".

„Büro ist leicht übertrieben", dachte Julius, der Mühe hatte, in dem kleinen Kämmerchen einen Platz zu finden, und sich schließlich auf dem kleinen Hocker in der Ecke unter einem Hängeregal, das bedrohlich schwer mit Aktenordnern überfrachtet war, niederließ.

„Kaplan", begann der Professor ohne Umschweife, „wir haben ein Problem – es sitzt da in den Ecke". Er deutete auf Julius: „Der Junge kann nicht nach Hause, aus verschiedenen Gründen, und bei mir bleiben kann er auch nicht, wie du verstehen wirst. Er muß also für ne Zeit irgendwo unter, wo er seine Ruhe hat. Das ist ganz wichtig!"

„Wie hast du dir denn das vorgestellt?" entgegnete der junge Mann irritiert.

„Na, ich dachte, du hattest doch damals die beiden Kurden weggebracht, als sie abgeschoben werden sollten; in irgendein Kloster bist du mit denen...."

„Ach, du meinst den Pater Andreas?" erwiderte der Kaplan gedehnt und kratzte sich am Kopf. „Oh je, das ist aber nicht so einfach, wie du dir das vorstellst, das ist doch kein Hotel dort!"

Doch der Professor gab so schnell nicht auf. Er redete lande eindringlich auf den Kaplan ein und versuchte, ihm die Lage begreiflich zu machen, bis dieser schließlich seufzend aufstand und in den Nebenraum zum Telefon ging. Die beiden warteten gespannt, und es dauerte auch nur wenige Minuten, bis der Kaplan zurückkam und vor Julius stehen blieb.

„Du hast Glück", sagte er und versuchte, sehr wichtig zu erscheinen, „der Pater ist bereit, mit dir zu sprechen. Jetzt ist nur noch die Frage, wie du dahin kommst. Das Kloster ist nämlich ein ganzes Ende von hier weg, im Bergischen."

Er schaute auf seine Uhr, überlegte kurz, und sprach dann weiter: „Heute ist Samstag. Da ist meistens einer der Mönche hier bei den Griechen, also bei der griechischen Gemeinde, wollte ich sagen. Vielleicht kann er dich mitnehmen. Aber freu dich nicht zu früh", fügte er warnend hinzu, „der Pater ist ein eigenartiger Mensch, man weiß nie, was er vorhat und mit welchen Überraschungen er aufwartet."

„Na, wenn das geregelt ist, dann kann ich ja gehen", erklärte nun der Professor lapidar. „Tschüß, Bengel!" Er reichte Julius die Hand, zögerte einen Moment, zog ihn aber schließlich an sich um ihn heftig zu umarmen.

„War schön mit dir", brummte er, „werd ich nicht so bald vergessen". Und während er ihm mit seiner runzligen, rissigen Hand über die Wange strich, fügte er leise hinzu: „Du ahnst gar nicht, was du mir gegeben hast!"

„Du mir auch", druckste Julius unsicher, um sich dann ganz schnell zu dem Hund hinunter zu beugen.

„Tschüss Herkules", flüsterte er und vergrub seine Hände tief in dessen Fell, „paß gut auf den alten Professor auf!" Der Hund antwortete, indem er blitzschnell und ohne Vorwarnung Julius einmal mit der Zunge über das ganze Gesicht schleckte, und sprang dann auf, um sich naheliegenderen Dingen wie dem bevorstehenden Spaziergang mit seinem Herrchen zuzuwenden. Er hatte, wie es schien, durchaus begriffen, was diese Szene bedeutete und an wen er sich fortan zu halten hatte.

Der alte Mann ging nun, gefolgt von seinem vierbeinigen Begleiter, hinaus ohne sich noch einmal umzusehen und ließ Julius betroffen zurück, der sich nun eingestehen mußte, wie schmerzhaft doch ein Abschied mitunter sein kann.

3.

Das Kloster

Nur wenige Stunden später saß Julius bereits mit Bruder Leo, einem Mönch aus R., in einem klapprigen alten Kombi, und ließ sich zum Kloster fahren. Aus den Augenwinkeln heraus versuchte er seinen Chauffeur zu mustern. Wenn man von dessen Mönchshabit, einer langen schwarzen Kutte, absah, hätte man ihn auch für einen Büroangestellten halten können. Sein Haarschnitt war unauffällig und seine ganze Haltung machte einen geschäftsmäßigen, korrekten Eindruck. Sehr alt konnte er auch nicht sein; zumindest hatte er noch keine grauen Haare, aber die tiefen Furchen im Gesicht, die schmalen, etwas zusammengekniffenen Lippen und ein Hauch von Bitterkeit um die Mundwinkel herum verliehen ihm etwas Strenges und Unnahbares.

Er hatte auch keinen besonders begeisterten Eindruck gemacht, als der Kaplan mit Julius im Restaurant „Akropolis" aufgetaucht war – Bruder Leo war dort mit Vertretern der griechisch-orthodoxen Gemeinde zu Beratungen zusammengetroffen – und ihn um eine Mitfahrgelegenheit ins Kloster gebeten hatte. Er hatte zwar, nachdem er gehört hatte, daß Pater Andreas es so wünschte, keine weiteren Fragen mehr gestellt – er schien von seinem Abt dergleichen Dinge gewöhnt zu sein – blieb aber mürrisch und verschlossen und zeigte die ganze Fahrt über kein großes Interesse an einem Gespräch. Julius, der es im Zweifelsfalle auch lieber vorzog zu schweigen, war sich nun nicht mehr so sicher, ob sich diese unerwartete Reise ins Unbekannte als eine glückliche Fügung oder als Verhängnis erweisen sollte.

Zu allem Überfluß fing es nun auf der Autobahn auch noch wieder zu regnen an. Die Scheibenwischer des gebrechlichen Autos versuchten ächzend und quietschend ihre Funktion zu erfüllen, und der Mönch schaute so angestrengt auf die Fahrbahn, daß Julius sich ohnehin kaum zu rühren, geschweige denn einen Laut von sich zu geben wagte. Er dachte wehmütig an den Professor zurück, der jetzt mit Herkules unter der Plastikplane hocken und Tee kochen würde; sicher nicht gerade der Inbegriff von Gemütlichkeit, aber ihm doch mittlerweile so vertraut geworden, daß er sich innerlich kaum davon lösen konnte; wie Heimweh überkam es ihn.

„Da vorne ist R.", eröffnete ihm Bruder Leo plötzlich und unerwartet, als sie nach Verlassen der Autobahn und einigen weiteren Kilometern auf der Landstraße eine kleine Ortschaft erreichten, „und dort hinten" – er wies mit der Hand auf ein großes, graues Gebäude mit vielen Fenstern, „ist unser Altenheim". Nun, in heimatlichen Gefilden angekommen, schien er regelrecht aufzutauen, wurde ganz beredt und nicht ganz ohne Stolz begann er zu erklären: „Mit diesem Altenpflegeheim finanzieren wir unser Kloster. Wir sind orthodoxe Christen, und haben keinen finanzkräftigen Orden im Rücken. Die wenigen orthodoxen Klöster müssen gucken, wie sie klar kommen. Sie finanzieren sich entweder durch Spenden oder durch anderweitige Einkünfte, wie die Altenpflege, oder orthodoxen Religionsunterricht an Schulen, wie ich ihn in der Stadt erteile, von der ich gerade komme. Viel ist es nicht, was dabei zusammenkommt, aber es reicht immerhin, um die Existenz des Klosters zu gewährleisten."

Inzwischen hatten sie, wie Julius feststellte, die Ortschaft bereits wieder verlassen. Bruder Leo steuerte nach wenigen hundert Metern den Wagen in eine schmale Seitenstraße, die in zahlreichen Windungen hinunter ins Tal und auf der gegenüberliegenden Seite wieder hinauf führte, als plötzlich ein altes Gemäuer vor ihnen auftauchte.

Julius gewahrte durch den Nieselregen nur den Turm und eine hohe, starke Mauer aus Naturstein. Unwillkürlich hielt er die Luft an, während der Mönch den Wagen über den knirschenden Kies fuhr und seitlich neben dem Tor abstellte.

„Es wird gleich die Vesper, die Gebetszeit sein", erklärte er knapp, „da gehst du am Besten direkt in die Kapelle, es wird jetzt keiner Zeit haben für dich. Bleib einfach während und nach der Andacht auf deinem Platz sitzen, bis dich jemand abholt."

Julius stieg langsam und bedächtig aus dem Auto aus, und weil der Mönch noch mit der Bergung seiner Aktentasche und zahlreicher Plastiktüten beschäftigt war, deren Inhalt sich während der unruhigen Fahrt gleichmäßig im Laderaum verteilt hatte, lenkte er seine Schritte in Richtung des Toreinganges. Es war ihm feierlich zumute; die Atmosphäre an diesem abgelegenen Ort war so anders als das, was er gewohnt war, daß es ihm schien, als stände er an der Schwelle zu einer ganz anderen Welt. Es hätte ihn nicht verwundert, wenn das Auto sich plötzlich in Luft aufgelöst oder in eine alte Pferdekutsche verwandelt hätte, so sehr schien dieser Ort in seine eigene geheimnisvolle Geschichte versunken zu sein.

Das Tor stand offen.

Bruder Leo eilte, mit Tüten und Taschen beladen, an ihm vorbei und trat in den Hof des Klosters ein, wies mit dem

Kopf auf die Pforte der kleinen Kapelle und ließ Julius mit einem lapidaren „da hinein!" allein zurück.

Dieser blieb noch einen Moment stehen. Es schien tatsächlich eine Märchenwelt zu sein, in die er geraten war. Die Gebäude – er konnte ein Wohnhaus und mehrere Schuppen oder Stallungen unterscheiden – schienen im Gegensatz zu den vier mächtigen Kastanienbäumen, deren Kronen sich wie ein Dach über den sauber gehaltenen Innenhof wölbten, klein wie Spielzeug zu sein. Außer den sich entfernenden Schritten von Bruder Leo war kein Geräusch zu hören, keine Menschenseele zu sehen; die Stille lag über der ganzen Szene wie eine Verheißung, einzig und allein durch vereinzelte schwere Regentropfen unterbrochen, die sich einen Weg durch das gewaltige Blätterdach gebahnt hatten.

Mit vorsichtigen Schritten, als fürchtete er, mit einem lauten Auftreten einen Frevel zu begehen, näherte sich Julius der Kapelle. Seit seiner Konfirmation vor etlichen Jahren hatte er keine Kirche mehr von innen gesehen und hätte auch bis heute noch schwören mögen, daß das auch nie wieder geschehen würde.

„So schnell kann sich das ändern", dachte er, und mit einem versöhnlichen Lächeln drückte er das schwere Portal auf und schlüpfte in die kleine Kirche hinein.

Dort hielt er unwillkürlich den Atem an. Zunächst mußten sich seine Augen an das Halbdunkel gewöhnen, denn bis auf eine Kerze vor der Muttergottes-Statue neben dem Altar gab es keine Lichtquelle, so daß nur das spärliche Tageslicht, welches durch die schmalen bunten Fenster drang, den Innenraum ein wenig erhellte. Dennoch war er, der ja die eher karge und nüchterne Ausstattung protestantischer Gotteshäuser gewöhnt war, überwältigt von dem, was er da sah. In jeder Ecke, jeder Nische gab es etwas zu entdecken:

geschnitzte Figuren, Heiligenbilder, Ikonen und Wandmalereien. In jedem Winkel schien ein Geheimnis zu kauern und eine stille Botschaft verborgen zu sein. Das Halbdunkel und die mit dem Licht der Kerze flackernden Schatten der diversen Skulpturen verstärkten diesen Eindruck noch. Alles schien lebendig zu sein, hin und her zu huschen und Geschichten aus vergangenen Zeiten, fernen Welten und unergründlichen Tiefen zu flüstern. Leise und verstohlen drückte er sich in eine der hinteren Bänke, und wenn er daran dachte, daß er noch vor wenigen Stunden mißmutig unter einer Zeltplane am Rhein gehockt hatte, so schien ihm das bereits eine Ewigkeit her zu sein, so stark waren die Eindrücke, die inzwischen auf ihn einstürmten.

Seine Augen wurden müde. Die Bilder aus dem Halbdunkel der Kapelle vermischten sich mit Halluzinationen und Einbildungen. Er sah die Muttergottes vom Altar auf sich zukommen: Sie lächelte ihn an, und wieder erschien ihm die geheimnisvolle Frau vor Augen, die er auf dem Bahnhof gesehen zu haben vermeinte, und mit einem seligen Lächeln schlief er, auf der Kirchenbank sitzend, ein.

Ein plötzliches Geräusch ließ ihn zusammenfahren, und im gleichen Augenblick ging in der ganzen Kirche das Licht an. Ein Mönch in einer schwarzen Kutte schlurfte um den Altar herum, zündete Kerzen an und begann, allerlei Gerätschaften hin und herzutragen, zu rücken und zurechtzulegen. Alsbald ging auch das Portal hinter Julius auf, und das kleine Kirchlein füllte sich: Männer, Frauen, Kinder, die unterschiedlichsten Menschen folgten dem Ruf der Glocke, die nun zu läuten begonnen hatte. Im Handumdrehen hatte die geschäftige Welt Einzug gehalten.

Als die Glocke schließlich verstummte, wurde es auch in der Kapelle still. Alle erhoben sich von ihren Sitzen, und nun traten die Mönche ein, nacheinander in ihrem schwarzen Habit, der bis auf die Knöchel reichte, um ihre Plätze im Chorgestühl aufzusuchen, während der letzte von ihnen sich vor dem Altar aufstellte. „Das muß Pater Andreas sein", schoß es Julius durch den Kopf, während er die Gestalt des Abtes musterte. Er trug eine Kopfbedeckung, die aber das wallende graue Haar kaum zu verbergen vermochte, welches mit dem ebenfalls grauen Vollbart um seine Länge zu wetteifern schien.

Julius war fasziniert, sowohl von dieser Erscheinung, als auch von dem nun beginnenden Ritual, das sich in fremdartigen Sprachen vollzog – ob es nun Latein oder griechisch war, vermochte Julius nicht zu unterscheiden – und das seinen Höhepunkt in einem monotonen Wechselgesang zwischen dem Priester und den Mönchen fand. Einige der angereisten Gemeindemitglieder sangen leise mit oder bewegten zumindest die Lippen, und die Kinder schauten staunend und mit großen Augen zu. Vermutlich hatten sie alle diesen Ablauf schon unzählige Male miterlebt, und das Wiedererleben und -hören der immer gleichen Worte und Melodien gab ihnen das Gefühl von Vertrautheit und Geborgenheit. Es schien, als sei eine einzige große Familie versammelt, und Julius spürte beides: die Gemeinschaft und die Sehnsucht, dazuzugehören, aber zugleich auch die Distanz gegenüber dem Fremdartigen, das sich ihm, wie so vieles andere in seinem Leben auch, nie ganz erschließen würde. Er bemühte sich zumindest eifrig, es den anderen Kirchenbesuchern wenigstens beim Aufstehen und Wiederhinsetzen gleichzutun.

Als die Andacht beendet war und alles dem Ausgang entgegen strömte, blieb er noch lange sitzen. Schließlich trat Bruder Leo zu ihm, faßte ihn freundlich an der Schulter und sagte: "Komm, laß uns zu weltlicheren Dingen kommen. Es ist Abendbrotszeit!"

Während die letzten Besucher durch das Tor verschwanden, um in ihre Autos zu steigen und nach Hause zu fahren, lenkten die beiden ihre Schritte dem Klostergebäude zu.

Hatte der Eintritt in die Klostermauern für Julius etwas Feierliches bedeutet, so verstärkte sich dieses Gefühl nun noch. Etwas Neues begann: Er würde nicht wegfahren, wie die anderen Besucher, sondern den inneren Kreis, die Gemeinschaft der Mönche, betreten, und sei es vielleicht auch nur für diesen einen Abend. Voller Spannung betrat er den Speisesaal, wo sich bereits eine Reihe Mönche um die große Tafel herum aufgestellt hatte.

Bruder Leo wies ihm mit einer Handbewegung seinen Platz zu, und so warteten sie schweigend, während ein weiterer, recht beleibter und bärtiger Klosterbruder schwitzend und schnaufend Brot, Käse und Wurst auftrug und zu Julius' großem Erstaunen auch jedem ein Glas Bier bereitstellte. Schließlich, als alle Vorbereitungen abgeschlossen waren, trat der Abt ein. Er blieb am Kopf der Tafel stehen, sprach ein Gebet und einen Segen, und mit ihm nahmen nun auch alle anderen ihre Plätze ein. Die Mahlzeit vollzog sich in völligem Schweigen, sieht man einmal davon ab, daß einer der Brüder aus der Heiligen Schrift vorlas: Das Gleichnis vom verlorenen Sohn.

„Ausgerechnet!" schoß es Julius durch den Kopf, der verstohlen zum Abt herüberschaute, um seinen Verdacht zu überprüfen, ob dieser Text wohl speziell für ihn ausgewählt worden war. Der Pater würdigte ihn jedoch keines Blickes, und so blieb es ihm selbst überlassen zu entscheiden, ob er die Auswahl des Textes nun für Absicht halten sollte oder wieder für einen der merkwürdigen Zufälle, von denen ihm jetzt bereits einige widerfahren waren.

Er schob jedoch diese Überlegungen recht bald beiseite und widmete sich umso intensiver seiner Mahlzeit, die ihm im Vergleich zu dem, was er in den letzten Wochen zu sich genommen hatte, geradezu fürstlich erschien. War es ihm zunächst noch peinlich, seinen ausgeprägten Heißhunger so offen durchblicken zu lassen, so räumte der dicke Mönch aus der Küche seine Bedenken schnell aus, in dem er ihn mit zahlreichen Gesten und einem schelmischen Lächeln zum schnelleren Essen ermunterte, begleitet von den strengen und mißbilligenden Blicken des Bruder Leo.

Er sollte gut daran getan haben, nicht zu zögern, denn kaum hatte der Abt den letzten Bissen verzehrt und sein Glas geleert, schien auch für alle anderen, die jenen genau beobachtet hatten, die Mahlzeit beendet zu sein. Ein kurzes Dankgebet wurde noch gesprochen, dann brach man auch schon wieder auf.

„Warte draußen auf dem Flur!" raunte Bruder Leo ihm zu, bevor auch er den Speisesaal verließ, um dem Abt zu folgen.

Das Glas Bier tat bei Julius bereits seine Wirkung. Seine angespannten Nerven begannen sich zu beruhigen, und eine ruhige Gelassenheit machte sich in ihm breit. Er schaute aus dem Fenster und beobachtete zwei Eichhörnchen, die in der großen Kastanie um die Wette herumturnten.

„Jetzt fehlen nur noch Herkules und der Professor" dachte er wehmütig, „dann wäre ich rundum glücklich". Aber es war ihm auch klar, daß das der Preis war, den er zahlen mußte. Jedes Neue, das in sein Leben trat, mußte mit Abschied und Verlust bezahlt werden.

Im übrigen hatte der Professor recht gehabt, denn an den dicken, stachligen Früchten der Kastanien war bereits nicht mehr zu übersehen, daß sie bald aufplatzen und damit das Ende dieses Sommers verkünden würden. Dann könnte es draußen ziemlich ungemütlich werden, und er würde froh sein, ein Dach über dem Kopf zu haben. Einen Vorgeschmack darauf hatte er durch diesen verregneten Tag bereits bekommen.

Die Eichhörnchen waren inzwischen verschwunden, und nun schien die Zeit in dem Innenhof völlig stillzustehen. Nichts bewegte sich mehr, und dennoch konnte Julius sich nicht von dem faszinierenden Anblick lösen. Eine solch kraftvolle Stille hatte er nie zuvor wahrgenommen, und wieder kam es ihm so vor, als stünde er unmittelbar vor einer Entdeckung, die sich aus regungslosen Tiefen offenbaren will.

Er war so in den Bann geschlagen, daß er gar nicht bemerkte, wie jemand mit langsamen Schritten zu ihm trat.

„Ein schöner Anblick, nicht wahr?"

Julius fuhr erschrocken zusammen und erblickte den Abt Andreas an seiner Seite.

„Du kannst hier immer wieder hinausschauen", fuhr dieser in seiner ruhigen Art fort, „Abend für Abend. Du wirst feststellen, daß alles noch so ist wie am Vortag und an unzähligen Vor-Vortagen, und doch ist jeder Abend ganz anders, einzigartig und erstaunlich. Und jeder Abend ist schön, unvergleichlich und unglaublich schön".

Julius lächelte. Mit wenigen Worten hatte der Pater das ausgesprochen, was er, Julius, fühlte. Viel mehr hätte man dazu auch nicht sagen können; jedes weitere Wort wäre überflüssig gewesen, und hätte etwas von dem Zauber des Augenblicks fortgenommen. So aber wußte er, daß jemand seine Gefühle teilte, und das machte ihn, der sich so oft einsam fühlte, froh. Es war nur ein kurzer Moment gewesen, einer jener seltenen Augenblicke, die das Herz tief anrühren, so tief, daß Zeit gar keine Rolle mehr spielt und auch nicht das Bedürfnis entsteht, diesen Moment festhalten oder verlängern zu wollen. Was zu fühlen war, war gefühlt, und was zu sagen war, war gesagt worden.

Der Pater schaute Julius an und forderte ihn auf: „Komm, wir gehen, es gibt einiges zu besprechen".

Auf den nun folgenden Anblick war Julius nicht vorbereitet. Er hatte damit gerechnet, daß sie jetzt eine schlichte Stube oder Mönchsklause betreten würden, stattdessen erwartete ihn ein regelrechtes Büro mit Computer, Telefon, Faxgerät und zahllosen Aktenordnern. Seine Überraschung stand ihm so deutlich ins Gesicht geschrieben, daß der Pater lachen mußte:

„Ja, weißt du, wir sind hier keine Einsiedelei, die von Luft, Liebe und Manna lebt. Wir sind ein Wirtschaftsunternehmen, betreiben ein Pflegeheim, erteilen Unterricht und verkaufen Gemüse, Kräuter, Eier und Honig. Anders wäre ein Leben hier gar nicht möglich; und unsere Brüder müssen alle hart arbeiten. In Deutschland gibt es nichts geschenkt. Aber setz dich doch!"

Er stellte Julius einen Stuhl bereit, bevor er selbst hinter seinem Schreibtisch Platz nahm. Julius musterte ihn nun genauer. Er trug das lange graue Haar zu einem Zopf zusammengebunden, und hinter dem Vollbart glaubte Julius ein paar verschmitzte Grübchen erkennen zu können. Es war ihm aber nicht möglich, das tatsächliche Alter dieses Mannes zu schätzen; er hätte ebensogut fünfzig als auch achtzig Jahre alt sein können.

„Ich hätte mir diese Art zu leben früher nicht träumen lassen", fuhr der Abt nun fort, „auch nicht, als ich das Mönchsgelübde abgelegt habe". und als habe er Julius' Gedanken erraten, fügte er hinzu: „Ich bin mit dreißig Mönch geworden und habe einundzwanzig Jahre in Griechenland als Einsiedler gelebt, oder versucht zu leben. Aber dann fügte sich eins zum anderen: Der Gedanke, in der Welt noch etwas anderes zu wirken, dazu einige gleichgesinnte Brüder, sowie eine kleine Erbschaft – und schon waren wir in Deutschland und haben dieses wundervolle Klostergebäude entdeckt.

Wir hatten Glück, daß die katholische Kirche, beziehungsweise der Orden, dem dieses Anwesen seit Jahrhunderten gehört hat, uns den Zuschlag gegeben und es nicht irgendeiner Unternehmensberatung als Seminarhaus überlassen hat. Tja, und jetzt müssen wir arbeiten, arbeiten, arbeiten um dieses Projekt zu finanzieren. So sind nun einmal die Gesetze dieser Welt. Die Zeiten, in denen das Gebet der Mönche so sehr geschätzt wurde, daß sie sich um ihren Lebensunterhalt nicht zu sorgen brauchten, sind vorbei. Aber wie du siehst, haben wir alles gut im Griff!" Er machte eine weitausladende Handbewegung in Richtung der zahllosen Aktenordner.

Julius spürte, daß ihm die offene Art des Paters gefiel. Er schien keine unnötigen Geheimnisse um seine Person oder seine Arbeit machen zu wollen, und das flößte ihm Vertrauen ein. Dennoch erschrak er, als dieser unvermittelt das Thema wechselte und ihn direkt ansprach:

„Doch nun zu dir, was treibt dich hierher?"

„Ich bin abgehauen von zuhause", gab Julius ohne Umschweife zu, „ich weiß nicht, wohin. Ich wollte einfach nur weg!"

„Einfach nur weg", wiederholte Pater Andreas, „hm, so einfach ist das also. Wie alt bist du denn überhaupt?"

„Ich werde achtzehn, nächstes Jahr, ich bin siebzehn."

„Also minderjährig. Da haben wir den Salat. Und in welcher Klasse bist du?"

„In der Zehn. Ich habe die Neun zweimal gemacht, auf der Realschule und auf der Hauptschule".

„Also wenigstens nicht mehr schulpflichtig", stellte der Abt fest, „das ist ja schon mal was. Du mußt wissen, daß ich mich nicht unbedingt darum reiße, mit den Gesetzen dieses Staates aneinander zu geraten, obgleich ich das auch nicht scheue. Es gibt für mich Gesetze, die höher stehen, und dazu zählt auch, jemanden, der an meine Pforte klopft, nicht abzuweisen. Aber was sagen denn deine Eltern dazu?"

Julius ließ ein pfeifendes Ausatmen hören, obgleich er mit dieser Frage gerechnet hatte. Es wäre ja auch zu schön gewesen, wenn er um dieses leidige Thema herumgekommen wäre.

„Mein Vater ist schon lange nicht mehr bei uns. Ich lebe mit meiner Mutter und meinem Stiefvater zusammen, und meiner Schwester, genauer gesagt: Halbschwester".

„Ich hatte aber gefragt, was die dazu sagen", insistierte der Pater hartnäckig.

„Na ja, ich weiß eigentlich nicht." stammelte Julius verlegen.

„Was heißt das: Ich weiß eigentlich nicht? Bist du einfach so verschwunden?"

Julius nickte stumm.

„Und was denkst du, wie es denen damit geht?"

„Ich weiß nicht….“

„Hör mir auf mit ‚ich weiß nicht‘ “, unterbrach ihn der Abt, „du weißt das sehr gut. Also, was denkst du?“ Er schaute ihn herausfordernd an.

„Ja, äh, ich denke, nicht so gut. Es geht ihnen nicht so gut. Ich meine, sie machen sich sicher Sorgen“. Julius rutschte unbehaglich auf dem Stuhl hin und her. Die Fragen waren ihm unangenehm, aber seine eigenen Antworten waren ihm ebenfalls peinlich; er fühlte sich wie jemand, der gerade dabei ist, durch eine Prüfung zu rasseln, weil er, trotz wohlwollender Unterstützung durch den Prüfer, nichts Überzeugendes vorzubringen hatte.

„Paß mal auf“, unterbrach der Abt nun das Schweigen, „du scheinst wirklich nicht viel zu wissen, weil du offenbar noch nicht viel nachgedacht hast. Was ich mit dir anfange, weiß ich noch nicht. Ich habe keine Scheu davor, einen Minderjährigen vor seinen Eltern oder dem Jugendamt oder wem auch immer zu verstecken. Aber es muß dafür einen triftigen Grund geben, einen sehr triftigen. Ich habe schon desöfteren Leute hier im Kloster versteckt und beschützt, und manchmal ging es um Leben und Tod. Ich habe dir eben von Gesetzen erzählt, gegen die ich bereit bin, zu verstoßen, und von Gesetzen, die für mich unantastbar sind: Gesetze der Menschlichkeit. Ich bin nun einmal nicht bereit zu dulden, daß Menschen unnötig leiden, und wer andere unnötig leiden läßt, braucht nicht auf meine Unterstützung zu hoffen. In deinem Fall bin ich auch nicht bereit, mir weitere Gedanken darüber zu machen, wenn du das bislang selber auch nicht für nötig gehalten hast. Du wirst jetzt ein Zimmer bekommen, ich gebe dir Schreibzeug mit, und dann wirst du ein wenig nachdenken!“

Er stand auf, zog einen Schreibblock aus der Schublade, legte noch einen Füller dazu und reichte ihn Julius.

„Morgen früh um fünf Uhr ist das Morgengebet, danach Frühstück. Richte dich darauf ein. Anschließend werden wir uns noch einmal unterhalten".

Er öffnete die Tür und ging mit Julius erst eine breite Treppe, dann eine schmale Holzstiege hoch und zeigte ihm eine kleine, spärlich eingerichtete Dachkammer, in der er schlafen konnte. Mit einem freundlichen „Gute Nacht!" ließ er ihn allein.

Es war nicht gerade kalt in der kleinen Stube, aber Julius zitterte am ganzen Körper. Die Anspannung und Aufregung, unter denen er schon den ganzen Tag stand, hatten sich durch die letzten Worte des Paters, die wie ein eiskalter Wasserguß über ihn hereingebrochen waren, unerträglich zugespitzt und drängten in seinem Körper nach Ausdruck. Er versuchte, auf und ab zu gehen, aber das winzige Zimmer, das nur aus einem schmalen Bett, einem Tisch und einem Stuhl bestand, ließ das nicht zu. Für einen kurzen Augenblick dachte er daran, einfach wegzulaufen, um der unangenehmen Aufgabe, die er vor sich hatte, zu entfliehen. Doch genauso rasch verwarf er diesen Gedanken wieder. Er wußte, daß es mit dem Fortlaufen irgendwann einmal ein Ende haben mußte, und er wollte auch um jeden Preis in diesem Kloster bleiben dürfen.

„Es kann doch nicht sein", dachte er, „daß ich soviel Glück habe, hier zu landen, und dann einfach wieder abhaue?"

Aber gleichzeitig war ihm auch klar, daß damit das sorglose in den Tag hineinleben beendet sein würde. Er mußte sich entscheiden. Der Abt würde Taten sehen wollen, oder ihn anderenfalls wieder wegschicken. Wie leicht war es doch dagegen gewesen, einfach in den Zug zu steigen und irgendwo hin zu fahren! Da hatte es nur ein Ziel gegeben: Weg, einfach nur weg!

Jetzt sag es anders aus. Er hatte plötzlich einen Platz auf dieser Erde entdeckt, an dem er bleiben wollte, und dafür würde er nun etwas tun müssen. Einen triftigen Grund wollte der Abt sehen! Bisher waren für Julius die eigenen Gefühle triftiger Grund genug gewesen, aber wie sollte er das jemandem begreiflich machen? Wie sollte er jemand anderen überzeugen, wo er sich doch selber kaum in der Lage sah, seinen inneren Aufruhr, den Widerstreit seiner Gefühle, zu beschreiben?

Er war, während diese Gedanken durch seinen Kopf schossen, mindestens ein Dutzend Mal, ohne es zu merken, aufgestanden und hatte sich wieder hingesetzt. Das Bild eines Tigers in einem Käfig tauchte mit plötzlich in seiner Vorstellung auf, und er fragte sich, wie es wohl Tieren, die ein ganzes Leben eingesperrt sind, zumute sei. Er glaubte jedenfalls, sich darin ganz gut einfühlen zu können, und gleichzeitig beruhigte ihn diese Vorstellung ein wenig; so, als ob Tausende und Abertausende gefangener Tiere ihm leise zuflüstern würden: „Du bist nicht allein...du bist nicht der einzige...es läßt sich alles ertragen...trag es mit Fassung...habe Geduld und warte ab...“

Julius schloß die Augen. Er spürte sein Herz bis zum Halse schlagen, aber es tat ihm gut, das festzustellen und mit seiner Aufmerksamkeit eine Weile bei seinem Herzen zu bleiben; es half ihm, etwa Abstand zu der wirren Flut seiner Gedanken zu gewinnen.

„...andere unnötig leiden lassen..." - diese Worte des Paters kamen ihm wieder in den Sinn.

Schlagartig veränderte sich sein ganzes Befinden. Hatte er in der ganzen Zeit seit seiner Flucht von zu Hause überhaupt einen Gedanken an andere verschwendet? Hatte er nicht vielmehr die ganze Zeit über immer nur an sich selbst gedacht? War er nicht vor wenigen Minuten noch vor lauter Grübeln über sich selbst und seine bedauernswerte Situation fast durchgedreht?

„Mein Gott", murmelte er, „was tue ich da die ganze Zeit?"

Der Abt hatte den Nagel offensichtlich auf den Kopf getroffen. In der Tat: Wirklich nachgedacht hatte er bislang noch nicht. Er schlug die Augen auf und starrte auf dem Schreibblock. Ohne lange zu zögern ergriff er den Füller und fing an zu schreiben.

Liebe Mama!

Es tut mir leid, daß ich einfach so abgehauen bin, ohne was zu sagen. Aber wenn ich angefangen hätte, etwas zu erklären, hätte ich nicht mehr den Mut gehabt, es zu tun. Ich weiß ja selber nicht, was mit mir los ist. Du hättest versucht mich aufzuhalten, oder ich hätte es nicht mehr übers Herz gebracht. Es ist doch auch gar nicht wegen dir, und auch für die Jessi tut es mir leid. Aber wenn ich geblieben wäre, wäre alles nur noch schlimmer geworden, die Streitereien und das alles. Ich kann so nicht mehr leben, und ich wäre kaputt- gegangen. Vielleicht hätte ich angefangen Drogen zu nehmen oder irgendwas anderes getan, etwas noch viel Schlimmeres. Ich habe alles nur noch gehaßt, die Schule, das Leben, einfach alles. Ich habe das Gefühl, daß zu Hause kein Platz mehr für mich ist. Nicht wegen euch. Aber es ist alles so festgelegt, so vorherbestimmt. Man weiß genau, was morgen passiert und übermorgen und so weiter, und es ist kein Raum da für Experimente und Veränderungen. Wie soll ich mich da selber finden? Du hast dich ja entschieden, für das Leben mit Rolf und Jessica. Mich hat nie einer gefragt, und ich wüßte auch gar keine Antwort, wenn du mich fragst, wie ich leben will. Ich weiß es nicht, aber ich kann auch nicht damit warten, bis ich 18 bin und aus der Schule.

Was habe ich denn zu erwarten? In der Schule erzählen sie uns nur, daß wir durchhalten müssen, hart arbeiten, damit wir eines Tages genug Geld verdienen, um unsere Träume zu verwirklichen. Was sind denn das für Träume? Reihen- haus, Bausparkasse, Samstag Rasen mähen, jeden Abend fernsehen, und im Sommer drei Wochen Urlaub im Vier- Sterne-Hotel? Und wenn ich nun ganz andere Träume habe? Träume, die man nicht mit Geld bezahlen kann? Könnt ihr mir sagen, wozu ich Geometrie brauche, oder Vererbungs- lehre, oder das Ohmsche Gesetz? Braucht ihr das? Und was nützt es mir, die Regenwälder am Äquator zu lernen, wenn mir keiner sagen kann, wie man den Regenwald vor der Vernichtung schützen kann? Was nützt es mir, den Aufbau von DNS zu pauken, wenn mir keiner sagen kann, wie sich die Genmanipulation auf unsere Zukunft auswirkt? Was nützt mir das Wissen über den Aufbau der Atome, wenn mir keiner sagt, was mit dem Atommüll passieren soll, der sich immer mehr anhäuft? Wie soll ich etwas über das Leben lernen, wenn meine Lehrer bei solchen Fragen nur mit den Achseln zucken, und sich nur darüber unterhalten, wie oft sie nächstes Jahr Urlaub machen werden und wie viele Jahre sie noch haben bis zu ihrer Pensionierung? Keiner erklärt mir was, und einen Vater, den ich mal fragen könnte, habe ich auch nicht. Das einzige, was sie einem immer wieder sagen, ist, daß es so ist wie es ist, weil es immer so war und immer so bleiben wird, und man sowieso nichts machen kann. Die merken überhaupt nicht, was auf diesem Planeten los ist, und meinen, sie könnten einfach so daran vorbei-leben. Warum gibt es Drogentote? Warum gibt es AIDS? Warum Kindesmißbrauch? Warum Folter? Warum Tierversuche? Warum Krieg?

„Ja weißt du, Julius, das ist eine schwierige Frage........"

Wenn ich wenigstens wüßte, daß sie versuchen, eine Antwort zu finden. Aber sie haben doch alle längst resigniert. Und von mir erwarten sie, daß ich es genauso mache, brav jeden Tag zur Arbeit gehe, mein Geld verdiene, ein paar Kinder groß ziehe, und dann irgendwann auf dem Friedhof ver-buddelt werde, namenlos unter namenlosen, und auf dem Grabstein steht dann: „Der hat es so gemacht, wie es schon immer alle gemacht haben, und keine unnötigen Fragen gestellt". Und wenn er nie gelebt hätte, wäre es auch keinem aufgefallen, und niemand hätte ihn vermißt.

Mama, ich will so nicht leben!!! Ich brauche keinen Luxus, keine Villa mit Gärtner, und muß auch nicht jeden Winkel auf der Erde gesehen haben. Aber ich will das Gefühl haben, daß mein Leben einen Sinn hat. Bis jetzt habe ich das nicht. Deshalb bin ich auch nicht mehr bei euch. Ich weiß auch nicht, wann ich euch wiedersehe, und wie es weitergeht.

Liebe Mama, es ist schlimm, daß es so weit gekommen ist, aber du mußt mir glauben: Wenn ich nicht gegangen wäre, wäre es noch viel schlimmer geworden. Für Jessi tut es mir auch sehr leid, weil sie noch so klein ist und das alles gar nicht verstehen kann. Ich vermisse sie sehr. Ich hoffe, daß ich ihr irgendwann wirklich ein großer Bruder sein kann, der ihr was sagen kann, wenn sie eines Tages selber anfängt, Fragen zu stellen.

Mama, ich schäme mich auch, daß ich dir die 50 Euro geklaut habe. Ich war zu feige, einfach mit leeren Taschen aufzubrechen, ich schäme mich wirklich dafür. Von dem Geld habe ich am Ende auch gar nichts gehabt, das war dann das Schicksal oder die Gerechtigkeit. Ich schwöre dir aber, daß ich dir das Geld zurückgebe, sobald ich kann, und wenn es das einzige ist, was ich noch geregelt kriege in meinem Leben.

Bitte glaube mir, daß es richtig ist, was ich mache. Mir geht es gut. Ich habe in den letzten Wochen viel gelernt, mehr als in vielen Jahren Schule, und ich will auch noch mehr lernen.

Ich kann dir nicht sagen, wo ich jetzt bin, weil ich Angst habe, daß ihr versucht, mich zurückzuholen. Wenn du mir schreiben willst, hast du ja meine E-mail-Adresse. Bitte versucht nicht, mich aufzuhalten. Laßt mich gehen. Es muß so sein, und es ist richtig und gut so.

Julius

Erschöpft ließ Julius den Füller fallen. So viel in so kurzer Zeit hatte er in seinem ganzen Leben noch nicht geschrieben; es war, als hätte sein Inneres nur auf die Gelegenheit gewartet, endlich einmal all das seit langem Gärende und Schwelende in Worte fassen zu können. Nun jedoch brach sich seine Erleichterung in hemmungslosem Weinen und Schluchzen Bahn. Er warf sich auf das Bett und vergrub seinen Kopf tief in das Kissen, aus Furcht, jemand im Hause könnte ihn hören. Es dauerte eine Weile, bis er sich wieder etwa beruhigte; und schließlich schlief er ein, erschöpft und müde.

Der Mond, der spät in der Nacht aufging, zauberte ein sanftes Lächeln auf sein Gesicht, und die dichte Atmosphäre von Freude und Frieden, die sich in der Kammer angesammelt hatte, strahlte ihrerseits ins Universum zurück.

4.

Bruder Ambrosius

Es war noch dunkel, als Julius unsanft durch ein lautes Klopfen an der Türe geweckt wurde. „Aufstehen, waschen, Gebet!" rief jemand mit scharfer, befehlender Stimme, bevor er sich mit schlurfenden Schritten wieder entfernte.

„Wer etwas Wichtiges zu sagen hat, macht keine langen Sätze", murmelte Julius vor sich hin und mußte lachen. Er war in der Tat recht vergnügt, wie ihm jetzt selber bewußt wurde, denn unter anderen Umständen hätte ihn ein solch schroffer Umgangston zu heftigem Widerstand gereizt. Rasch stand er auf, ordnete, so gut es ging, seine Kleidungsstücke, die er nun schon seit Tagen auf dem Leibe trug, und stieg behutsam die steile Stiege hinunter. Auf dem Flur kam ihm auch bereits einer der Mönche entgegen, allerdings in ungewohntem Aufzug: Es war der Dicke aus der Küche, der nun, nur mit einer Unterhose, einem notdürftig zusammengebundenen Bademantel und einem um den Hals gelegten Handtuch bekleidet, seine Leibesfülle recht offen zur Schau stellte und Julius, während er an ihm vorbeiwatschelte, mit einer Handbewegung hinter sich her winkte:

„Waschen und Zähneputzen hier entlang, junger Herr!"

In der Waschstube wartete bereits eine ganze Reihe von Männern darauf, daß sich einer der Verschläge mit den schweren Holztüren öffnen und die dahinter befindliche Dusche für den nächsten Anwärter freigeben würde, und kaum einer nahm Notiz von dem Gast, der sich alsbald mit einem Handtuch und einer allerdings nicht mehr ganz neuen Zahnbürste ausgestattet sah.

„Laßt den Jungen mal unter die Dusche, er hat's nötig!" forderte der Dicke mit seinem südländischen Akzent seine Mitbrüder auf, die auch bereitwillig Platz machten. Alles lief in ziemlicher Geschwindigkeit ab, so daß Julius gar nicht erst in die Verlegenheit kam, dumm herumzustehen und zu rätseln, wie er sich verhalten solle. Als dann von draußen der Klang der Glocke hereindrang, war ihm auch der Grund für die Geschäftigkeit der Mönche klar: Gleich würde die Morgenandacht beginnen. Er mußte sich beeilen, um den Anschluß nicht zu verpassen, und er dauerte in der Tat nur wenige Minuten, bis er sich mit den Brüdern in der kleinen Kapelle eingefunden hatte.

Der Waschraum mit den konzentriert zu Werke gehenden Männern hatte seinen Eindruck auf Julius nicht verfehlt, und dieses Gemeinschaftsgefühl wurde nun während der Andacht noch verstärkt, denn im Gegensatz zum gestrigen Abend waren jetzt die Mönche unter sich: außer Julius war kein Gast zugegen.

Er genoß dieses plötzliche Gefühl der Zugehörigkeit in vollen Zügen, denn auch wenn ihm bewußt war, daß er hier immer noch Außenseiter war, so sprach doch sein Gefühl eine andere Sprache. Auch die Tatsache, daß sein weiteres Schicksal noch völlig ungewiß war, konnte seine Hochstimmung nicht trüben. Mochte ihn doch der Abt nach dem Frühstück zum Teufel schicken, so würden dennoch diese wenigen intensiven Stunden unter den Mönchen einen tiefen Eindruck in seinem Herzen hinterlassen, daran konnte kein Zweifel bestehen, und vor dem Hintergrund, daß es möglicherweise bereits das letzte Mal sein könnte, nahm er die monotonen Sprechgesänge der Mönche umso gieriger in sich auf.

Er war selber sehr verwundert über seinen Stimmungswandel und fragte sich immer wieder, wie es dazu gekommen war. War es die Erleichterung, die er sich durch den Brief an seine Mutter verschafft hatte? Oder war es die Tatsache an sich, daß er Stellung bezogen hatte, Verantwortung für seine Entscheidung übernommen und die Bereitschaft bekundet hatte, diesen Weg weiterzugehen. mit allen Konsequenzen, und sich nicht einfach nur dahintreiben zu lassen? Zumindest hatten die eilig niedergeschriebenen Worte ihm geholfen, sich über sich und seine Gefühle ein wenig klarer zu werden; er war sich selbst dadurch wieder ein ganzes Stück näher gekommen.

Natürlich wuchs die Neugier, wie es nun wohl weitergehen würde, von Minute zu Minute. Während des anschließenden Frühstücks, das auch wieder schweigend eingenommen wurde, versuchte er, aus den Mienen des Abtes oder der Mönche Hinweise über seine Aussichten, in diesem Kloster bleiben zu dürfen, abzulesen, doch es gelang ihm nicht. Die Brüder schienen allesamt regelrecht entrückt zu sein und von seiner Anwesenheit gar keine Kenntnis zu nehmen.

Er sollte jedoch nicht lange warten müssen. Kaum hatte der Abt das Dankgebet gesprochen, als er auch schon den Bruder Leo und den dicken Mönch heranwinkte und sich dann an Julius wendete: „Du hast, wie ich sehe, ein wenig nachgedacht?"

Julius nickte. „Ich habe einen Brief geschrieben, an meine Mutter".

Er wartete auf weitere Fragen des Paters und versuchte die Gedanken in seinem Kopf zu ordnen, wie er den Inhalt des Briefes zusammenfassen könnte. Der Abt jedoch schien daran nicht interessiert zu sein: „Du kannst mir den Brief gleich mitgeben", meinte er lapidar, „ich bin heute im Dorf und kann ihn einwerfen."

Er schaute Julius schweigend an, als wolle er in seinem Gesicht lesen. Schließlich fuhr er fort: „Ich sehe, daß es dir ernst ist. Ich weiß nicht, ob du bei uns das finden kannst, was du suchst, aber das wird sich zeigen. Du kannst jederzeit von hier verschwinden, da bist du völlig frei. Aber solange du hier bleibst, wirst du dich an einige Regeln halten müssen. Wir stehen früh auf, arbeiten viel, und gehen zeitig zu Bett. Ich lege sehr viel Wert auf Disziplin, auf einen geordneten Tagesablauf. Aus Müßiggang erwächst selten etwas Gutes. Du wirst Bruder Ambrosius" – er deutete mit dem Kopf auf den dicken Mönch, der ihn bereits am Morgen empfangen hatte – „in der Küche helfen. Es gibt, wie du weißt, feste Termine für die Mahlzeiten, die Gebete und auch die Ruhezeiten, die jeder in seiner Zelle verbringt. Nachmittags hast du ein paar freie Stunden. In denen wirst du für Bruder Leo arbeiten. Er wird dich unterrichten, das heißt, er gibt dir Aufgaben, ein Lernpensum, das du in dieser Zeit bewältigen mußt. Die Tatsache, daß du nicht zur Schule gehst, bedeutet nicht, daß du vom Lernen freigestellt bist. Du wirst, solange du bei uns bist, in deiner Freizeit all das erarbeiten, was man für einen Hauptschulabschluß braucht".

Julius schaute den Alten mit großen Augen an. Er hatte kaum richtig wahrgenommen, was der Pater ihm da alles aufgetragen hatte, geschweige denn verstanden, was nun an Veränderungen auf ihn zukam und was für ein ungewöhnliches Leben er hier führen würde. Er hatte nur das wichtigste gehört: Er durfte bleiben!

Die Freude, die er empfand, war so gewaltig, daß sie in ihm gar keinen Raum mehr für etwaige Einwände oder Bedenken ließ. Er war regelrecht überwältigt, nicht nur durch diese Mitteilung, sondern auch durch das Vertrauen, das ihm ent-

gegengebracht wurde. Er hatte eigentlich eher damit gerechnet, daß er eingehend befragt würde und Erklärungen ab-
geben müsse, aber der Pater schien das gar nicht nötig zu
haben; es hatte den Anschein, als könne er in der Seele eines
Menschen lesen wie in einem offenen Buch.

Julius übersah dabei allerdings die Tatsache, daß er selbst es
war, der in dieser Nacht sein verschlossenes Herz ein ganzes
Stück weit geöffnet und es damit den Menschen leichter
gemacht hatte, ihn als den zu sehen, der er wirklich war. Der
Abt nickte ihm freundlich zu, und selbst der ansonsten eher
auf seine Würde bedachte Bruder Leo schien ein wenig zu
lächeln. Bruder Ambrosius allerdings strahlte über das ganze
Gesicht, nicht nur wegen des unerwarteten Zuwachses für
seine Haushaltsführung, sondern auch aus Anteilnahme für
den Jungen, den er schon längst in sein Herz geschlossen
hatte.

„Dann woll'n wir mal!" rief er aus, schlug mit der flachen
Hand auf den Tisch, daß die Tassen und Teller nur so
hüpften, und fing an, das Frühstücksgeschirr abzuräumen.
Ohne zu Zögern tat Julius es ihm nach, und beide verschwanden schwer beladen in der Küche.

„Dich schickt der Himmel!" Mit diesem Stoßseufzer schloß
Ambrosius, den Jungen vor sich herschiebend, die Küchen-
türe hinter sich. „Meine Gebete sind erhört worden,
Hallelujah!" Er lachte glucksend. „Ich weiß nämlich schon
gar nicht mehr wohin vor lauter Arbeit, und jetzt steht auch
noch die Apfelernte vor der Tür, ach was, sie liegt vor der
Tür!"

Julius hatte kaum Zeit, sich in der großen, dunklen, mit
allerlei Gerätschaften und Gefäßen, Kisten und Kästen,
Kräuterbündeln und Zwiebelzöpfen vollgestopften Küche
umzusehen, als er sich auch schon in den angrenzenden

Garten hinausgeschoben fand. Es war ein richtiger Bauerngarten, kreisrund angelegt, die einzelnen Beete überquellend mit einem zunächst kaum zu überschauenden Wirrwarr von Gemüse, Kräutern, Stauden und Blumen. Er bot beim flüchtigen Betrachten ein völlig anderes Bild als der Kleingarten von Olivers Vater, der Julius sofort in den Sinn kam und wo alles wie mit dem Lineal ausgerichtet schien. Hier dagegen herrschte eine fast tropisch anmutende Fülle, und erst bei genauerem Hinsehen konnte man in dem vermeintlichen Chaos auch wieder eine gewisse Regelmäßigkeit, eine Absicht erkennen, und die Unordnung hatte auch ihre klaren Grenzen. Dafür sorgten nicht zuletzt die kleinen Buchsbaumhecken, die im Wechsel mit Blumenrabatten die Beete eingrenzten, sowie die leidlich sauber gehaltenen Kieswege, welche, sich wie ein Labyrinth verzweigend, durch den ganzen Garten führten. Bald schon waren sie im hinteren, nun doch etwas verwilderten Teil des Geländes angekommen. Dieser war von zahlreichen alten Obstbäumen beherrscht, deren vollbeladene Zweige fast bis auf dem Boden reichten.

„Die Zwetschgen sind reif und müssen dringend runter, und die Frühäpfel auch“, erklärte Ambrosius, „die Winteräpfel bleiben noch dran, nur das Fallobst heben wir auf. Die Äpfel werden nämlich, wenn sie wurmstichig sind, früher reif und fallen runter, sie versuchen gewissermaßen, den Wurm auszutricksen. Zum Saften sind die allemal noch zu gebrauchen, auch mit Wurm, wenn sie noch nicht zu lange liegen und angefangen haben zu gammeln. Hier sind Körbe, und da hinten steht auch eine Leiter mit einem Pflückeimer; na, dann leg mal los!“

Voller Begeisterung, als sei ein uraltes Gen aus der Zeit der Jäger und Sammler bei ihm aktiviert worden, machte sich Julius an die Arbeit. Zunächst las er das Fallobst vom Boden auf, und während er sich den einen oder anderen Apfel munden ließ, bekam er sehr schnell einen sicheren Blick dafür, welche Äpfel frisch und welche durch langes Liegen schon angefault und mürbe geworden waren. Dann begann er, in die Bäume zu steigen. Sehr bald begriff er, daß ein Herumklettern in den Ästen nicht viel einbrachte, und ließ daraufhin die Leiter in voller Länge von außen in die tragenden Zweige hineinfallen, um auf diese Weise in die wacklige Krone hineinzusteigen. Es dauerte nicht lange, und er bewegte sich mit traumwandlerischer Sicherheit auf und ab, Eimer um Eimer, Korb um Korb füllend – erst mit den Äpfeln und Birnen, dann mit Zwetschgen. Schon bald hatte er alles um sich herum vergessen und ging völlig in seiner Sammelleidenschaft auf. Der dicke Mönch, der sich derweil im Gemüsegarten zu schaffen machte, beobachtete ihn mit Genugtuung, vielleicht aber auch ein wenig Bewunderung, denn davon, sich so behende wie Julius in den Baumkronen zu bewegen, konnte er ob seiner Leibesfülle nur träumen.

So verging Stunde um Stunde, bis Julius schließlich gewahr wurde, daß er den größten Teil bereits abgeerntet hatte, die verbliebenen Früchte immer schwieriger zu erreichen waren und es schließlich auch keine leeren Körbe mehr gab. Nun machten sich die beiden daran, die Beute unter Ächzen und Stöhnen in die Küche zu schleppen, um dort die Weiterverarbeitung in die Wege zu leiten. Der Mönch hatte bereits begonnen, in dem alten Herd ein Feuer zu entfachen, und stellte nun ein kompliziertes System von übereinander gestapelten Kesseln und Töpfen auf.

„Ein Dampfentsafter", erklärte er Julius, als er dessen fragenden Blick sah. „Hier unten wird Wasser erhitzt; der Dampf steigt dann hier hoch durch die Früchte, die durch die Hitze zerfallen und ihren Saft freigeben. Der sammelt sich auf diesem Zwischenboden und kann dann mit dem

Schlauch in Flaschen abgefüllt werden – steril und jahrelang haltbar!" Julius nickte fasziniert, und nun begannen sie, die Äpfel zu vierteln, von braunen Stellen und Würmern zu befreien und in dem Entsafter aufzuschichten.

„Jetzt heißt es warten", meinte Ambrosius, als der Topf bis zum Rande gefüllt war, „und damit uns nicht langweilig wird, geht es ans Zwetschgen entsteinen". Nachdem er dem Jungen die nötigen Handgriffe erklärt hatte, ließ er ihn alleine weiterarbeiten und machte sich daran, das Mittagessen für die Mönche zuzubereiten. Schweigsamkeit schien jedoch seine Sache nicht zu sein, denn unaufhörlich redete er auf Julius ein. „Weißt du eigentlich, daß ich der einzig richtige Mönch hier bin?"

„Wieso?" fragte Julius verdutzt.

„Nun, die anderen rauschen jeden Tag ab, nach draußen, irgendwo arbeiten, wie die Missionare – der eine morgens, der andere abends, der nächste nachts. Ich bin der einzige, der immer hier ist, tagaus, tagein, immer innerhalb dieser Mauern; der einzige, der die alte Ordensregel von der ‚stabilitas loci', dem verweilen an einem Ort, beherzigt".

Lachend schüttelte er den Kopf: „Nicht einmal einkaufen gehen darf ich. Ich muß einen Einkaufszettel machen, und einkaufen geht dann Leo, der alte Geizkragen". Wieder begann er zu lachen, als er Julius' erstauntes Gesicht sah. „Ja, natürlich, er ist ein Geizhals. Deshalb ist er ja auch unser Finanzminister! Ohne ihn wären wir sicher längst pleite. Unser Abt steht über diesen Dingen, und ich, wenn man mich auf den Markt schicken würde, ich hätte im Nu einen ganzen Monatsetat auf den Kopf gehauen, nur für allerlei Delikatessen, oder wäre gar nicht zurückgekommen, weil ich irgendeiner Marktfrau hinterhergestiegen wäre!"

Julius war sprachlos und hatte unwillkürlich zu arbeiten aufgehört, während er Bruder Ambrosius mit offenem Mund anstarrte. Einen Mönch so offen und respektlos daherreden zu hören, hatte er offensichtlich nicht erwartet.

Ambrosius grinste ihn an: "Was ist denn los? Dachtest du, du wärest hier unter Engeln gelandet? Keineswegs. Wir sind Männer, wie andere auch, und haben auch unsere Hormone. Und wir schwitzen die auch nicht so einfach aus".

Er schien einen Augenblick in Gedanken versunken zu sein, und sprach dann Julius direkt an: „Und du? Was ist denn mit dir? Hast du schon mal mit einem Mädchen...., na, du weißt schon?"

„Geschlafen?" ergänzte Julius, „mit einem Mädchen geschlafen? Nein, noch nicht."

„Na ja", meinte Ambrosius aufmunternd, „du hast ja auch noch Zeit, und jetzt bist du erst mal hier, bei den keuschen Männern, da läuft dann sowieso erst mal nichts. Aber eines Tages wird dich der Hafer stechen, und du wirst hier verschwinden, um dir ein Weibchen zu suchen. Bis dahin bleiben dir einstweilen nur die Träume".

„Die Träume!" wiederholte Julius mit einem tiefen Seufzer.

„Hat es schon angefangen bei dir?" fragte der Mönch neugierig. „Bei jedem hier fängt es irgendwann mal an, früher oder später, und es ist nicht nur die heilige Jungfrau, die in den Träumen erscheint, das kann ich dir versichern".

„Ich habe in den letzten Wochen, seit ich von zuhause weg bin, schon mehrfach von einer Frau geträumt", gestand Julius nun zögernd ein, „und sie erscheint mir manchmal so real, viel realer als manches andere um mich herum. Sie ist schön, faszinierend schön, und hat mich mit klugen, wissenden Augen angeschaut, daß es mir durch und durch ging, und ihre Haare waren wie Schlangen um ihren Kopf herum...."

„und weiter?" fragte Ambrosius neugierig.

„Nichts weiter, es ist nichts passiert, es war einfach nur schön.

Ambrosius unterbrach seine Arbeit, setzte sich zu Julius und legte seine Hand auf dessen Arm. „Bewahre dir den Traum", sagte er ruhig, „und sei vorsichtig, wem du das erzählst. Es gibt Leute, auch hier, die würden versuchen, dir das madig zu machen, als Teufelswerk zum Beispiel, und dir die Freude daran zerstören".

Er schaute ihm versonnen in die Augen. „Es ist die Göttin, die dir da erschienen ist. Das ist schon etwas Besonderes. Aber laß dir auch noch etwas anderes gesagt sein von einem, der schon viel erlebt hat: Versuche nicht, die Göttin im wirklichen Leben zu erhaschen. Du wirst große Schwierigkeiten kriegen. Genieße deinen Traum, aber laß es dabei. Götter sind Götter, und Menschen sind Menschen",

Verwundert schaute Julius ihn an. Er hätte eher damit gerechnet, ausgelacht zu werden, aber nicht, daß ein Mönch anfängt, seine Sehnsucht nach einem Traumbild zu teilen, und diese dann auch noch als eine Göttin bezeichnet.

„Was weißt du denn noch über die Göttin?" fragte er unbekümmert.

„Nicht viel", räumte Ambrosius ein. „Ich weiß nur, daß ich sie überall gesucht habe. Ich habe sie gejagt, erbarmungslos und unablässig. Ich habe in meiner Jugend mehr Weiber gehabt als andere in mehreren Leben hintereinander. Kein Rockzipfel war vor mir sicher, aber es ist auch keine Frau bei mir glücklich geworden. Bei keiner habe ich gefunden, was ich gesucht habe, und ich habe sie dann, eine nach der anderen, gnadenlos fallengelassen, ohne mich noch einmal umzudrehen, und so ging es Jahr um Jahr, ohne Unterlaß. Von weitem erschien mir jede als Göttin, aber aus der Nähe waren es ganz gewöhnliche Menschen, mit Ängsten, Sorgen, Wünschen – wie alle anderen auch. So habe ich mich wieder abgewendet und die nächste ins Visier genommen; auf diese Weise habe ich Herzen gebrochen und Wunden gerissen, ohne mich darüber zu bekümmern. Aber die Schlimmsten waren die, die sich mir verweigert haben, die Stolzen und Unnahbaren. Die haben mich oft um den Schlaf und auch fast um den Verstand gebracht."

Nach einer Pause fuhr er leise fort: „Ich war verzweifelt und verstört, und es wurde immer schlimmer. Als ich dann von dieser Insel gehört habe, wo nur Männer wohnen, habe ich gedacht: da muß ich hin, nur das kann mich noch retten. Ich bin dann zu den Mönchen auf den Athos gegangen, und mehr oder weniger zufällig bei Bruder Andreas gelandet. Der hat mir dann erst einmal die Beichte abgenommen, und das nicht nur einmal, sondern immer wieder, bis heute."

Er lächelte wehmütig. „Ich habe so viel auf dem Kerbholz, da reicht einmal beichten nicht, mir fallen hinterher immer noch weitere Sachen ein. Aber Bruder Andreas hat sich meiner angenommen, und im Gegenzug habe ich sein Gärtchen in der Einsiedelei auf Vordermann gebracht. Der ärmste hat ja nur von Brot gelebt, weil er nicht in der Lage war, die eßbaren Pflanzen vom Unkraut zu unterscheiden. Als er dann nach Deutschland ging, bin ich mitgekommen. Ich weiß nicht, wo ich ohne ihn heute wäre. Er hat mir wieder Halt gegeben, und langsam ist meine Selbstachtung wieder zurückgekehrt."

Er schwieg einen Moment, bevor er fortfuhr: „Ich habe Pater Andreas alles erzählt, die ganzen Weibergeschichten, und er hat mich nur ganz ruhig angeschaut und gesagt: ‚du hast immer nur nach Befriedigung gesucht, aber wirklichen Frieden findest du nur beim Vater!' – das hat mich getroffen wie ein Paukenschlag. Seitdem hänge ich an seinen Lippen, wenn er vom Vater im Himmel erzählt, ich kann gar nicht genug davon kriegen!"

Gedankenverloren schaute er Julius an. Oder schaute er an ihm vorbei? Julius vermochte es nicht mit Sicherheit zu sagen. Der Blick des Mönches war leer, und er kannte diesen Blick: Genauso hatte der Professor geschaut, als er ihm seine Lebensgeschichte gebeichtet hatte. Es war der Blick eines einsamen, leidenden Menschen, der in seinem Leben eine schwere Niederlage erlitten und sich daraufhin zurück-gezogen hatte, möglicherweise auf Kosten eines Teils seiner Seele, der in der Vergangenheit zurückgeblieben war. Diese Männer hatten, jeder für sich, eine Insel gefunden, auf der es sich leben ließ – aber um welchen Preis? Und auf welches Eiland würde es ihn, Julius S., eines Tages verschlagen, und welches wäre der Preis, den er dafür zahlen müßte? War er auch schon auf der Endstation angekommen, oder ging es noch weiter? Waren diese unerbittlichen Schicksale das Gesetz des Lebens, oder waren es Ausnahmeerscheinungen, die ihm in Gestalt dieser Männer begegneten, bizarre Karikaturen von Menschen, nur dazu erschaffen um ihn zu warnen?

Es bestand jedoch kein Zweifel, daß er sich sowohl dem Professor als auch dem Bruder Ambrosius auf eine geheim-nisvolle Weise verwandt fühlte; sie waren ihm näher als viele andere, und es konnte eigentlich kein Zufall sein, daß seine dürstende Seele auf diese beiden gestoßen war. Es gab etwas, das sie ihm auf seiner Suche nach dem Sinn des Lebens mitteilen wollten, auch wenn er noch nicht sagen konnte, was es war. Diese Botschaft mußte erst noch ent-schlüsselt werden.

Seine Gedankengänge wurden jäh unterbrochen, als Bruder Ambrosius aufsprang und rief: "Der Saft!" In der Tat stiegen aus dem Entsafter bereits dichte Dampfschwaden auf, und das gläserne Steigrohr hatte sich mit einer honiggelb schimmernden Flüssigkeit gefüllt.

„Schnell, spül die Flaschen mit heißem Wasser aus, damit sie uns gleich nicht platzen!" rief er Julius zu, und zog dabei mehrere Kästen mit leeren Wasserflaschen unter einem der Tische hervor. Seine Schwermut schien verflogen zu sein; mit vor Begeisterung glänzenden Augen machte er sich an dem Gerät zu schaffen, und schon bald lief der heiße Saft Liter um Liter in die Flaschen hinein. Im Handumdrehen war der Entsafter geleert, die dampfenden Rückstände auf den Komposthaufen gebracht und eine neue Lage Äpfel eingefüllt.

Als nächstes lernte Julius, wie man Zwetschgen im eigenen Saft einkocht und in Einmachgläsern sterilisiert. So verging der Vormittag wie im Fluge. Nur ungern unterbrachen die beiden ihre Tätigkeit, um der Messe und dem gemeinsamen Mittagessen beizuwohnen, das sie ganz nebenher ebenfalls zubereitet und aufgetischt hatten, und die vorgesehene Mittagsruhe wußten sie mit dem Hinweis auf die dringenden Verrichtungen in der Küche zu umgehen. Obgleich Julius früh aufgestanden war und in der Nacht nicht gerade viel geschlafen hatte, wäre er jetzt nur ungern bereit gewesen, auch nur eine Stunde lang die Hände in den Schoß zu legen. Er arbeitete, daß ihm der Schweiß über das Gesicht lief, und man konnte den Eindruck gewinnen, als wolle er jetzt die erzwungene Untätigkeit der letzten Tage durch seinen unermüdlichen Einsatz ungeschehen machen. Ambrosius hatte seine helle Freude an dem Jungen, und fühlte sich angespornt, bei dem von ihm angeschlagenen Arbeitstempo auch mitzuhalten. So wuchsen die Vorräte an Flaschen und

Gläsern ständig an, und zu guter Letzt schaffte der Mönch noch einen großen Glasballon heran, der nun mit abgekühltem Saft gefüllt wurde.

„Das wird einen erstklassigen Apfelessig geben", erklärte er. „Wir werden den Saft erst zu einem Apfelwein vergären lassen. Es kommt noch ein bißchen Zucker dazu, damit wir auch genug Prozente erhalten, Alkohol natürlich. Dann gebe ich eine Essigkultur hinein und lasse das ein Jahr reifen. Es fehlen dann nur noch ein paar Kräuter, und du hast dann einen Essig, wie du ihn in keinem Feinkostgeschäft finden wirst!" Er setzte noch rasch ein paar Spritzer von einer Weinhefe zu und verschloß den Ballon nun mit einem Gäraufsatz. „Die Hefe wird jetzt anfangen, Alkohol zu produzieren – und jede Menge Kohlensäure. Ohne den Aufsatz würde der Behälter explodieren, aber wenn ich ihn gar nicht verschließe, siedeln sich die Essigbakterien zu früh an", und mit einem verschmitzten Lächeln setzte er hinzu: „Auch wenn das manche hier nicht gerne sehen - wir wollen doch schließlich den Apfelwein erst einmal selbst probieren, bevor wir die Bakterien darauf loslassen, nicht wahr?"

Julius nickte zufrieden. Sie würden zwar heute bei weitem nicht fertig werden, aber nach und nach wurden die Berge von Früchten kleiner, während die Gläser und Flaschen sich ansammelten. Es erfüllte ihn mit Stolz und stachelte seinen Eifer weiter an, die Ergebnisse seiner Bemühungen so deutlich vor Augen zu sehen. Das war keine sinnlose Plackerei, das war richtige Arbeit, wie er fand. So verlor er auch jedes Zeitgefühl, und erst ein Blick auf die Küchenuhr ließ ihn gewahr werden, daß auch der Nachmittag zu Ende ging und es bald Zeit für das Abendgebet wurde.

Vierundzwanzig Stunden war er nun in diesem Kloster, doch es kam ihm vor, als hätte er schon Tage und Wochen hier verbracht. Bei der Andacht und dem anschließenden Abendbrot kam er sich nicht nur den Mönchen gleichgestellt vor, nein, durch die Arbeit in der Küche und durch manches, was ihm Bruder Ambrosius zugeraunt hatte, fühlte er sich den anderen beinahe schon überlegen, als ein Eingeweihter in Geheimnisse, zu denen noch lange nicht jeder der Mönche Zugang hatte. Die Vorstellung, der Gehilfe des „einzig wirklichen Mönches" in diesem Kloster zu sein, gefiel ihm außerordentlich. Es war jedoch kein Hochmut, der ihn jetzt anrührte, sondern einzig und allein der Stolz, den eigentlich jeder empfindet, wenn er auf einen Tag voll harter Arbeit zurückblickt und sich zum wohlverdienten Feierabend niederläßt. Die körperliche Müdigkeit, die er verspürte, empfand er durchaus als wohltuend, denn er hatte etwas geschafft, das sich sichtbar vor seinen Augen präsentierte, und die bohrenden Fragen nach dem Sinn des Lebens und der Zukunft waren nebensächlich geworden – zumindest für diesen Augenblick.

Der Tag war indes noch nicht zuende. Als er wieder mit Bruder Ambrosius in der Küche stand, um den Abwasch zu erledigen, meinte dieser beiläufig: „Heute abend gibt es noch Überstunden – ich will noch ein Huhn schlachten."

„Ein Huhn!" wiederholte Julius entsetzt.

„Ja, eins von den Hühnern. Es ist schon im zweiten Jahr, hat also seine Schuldigkeit schon getan; und in der Mauser ist es auch gerade, legt also jetzt sowieso keine Eier."

Ein wenig mitleidig guckte er den entgeisterten Julius an und fragte: „Ja, dachtest du denn, ich warte, bis das Huhn von selbst tot von der Stange fällt, gestorben an Altersschwäche? Wer soll denn dann so ein Tier noch essen, abgemagert und zäh wie Leder?" Er schüttelte den Kopf. „Unsere Hühner sind Nachfahren einer alten Zuchtrasse aus Amerika, aus der Zeit der ersten Siedler. Rhodeländer heißen sie hierzulande, benannt nach ihrem Herkunftsort: Rhode Island. Sie legen ordentlich, haben aber auch einen guten Fleischansatz. Es ist keine Sünde, so ein Tier zu töten – eine Sünde wäre es, auf dieses Fleisch zu verzichten!" Unterdessen hatte er bereits eine lange Machete aus der Schublade geholt. Julius lief ein Schauer über den Rücken.

„Komm jetzt, brummte der Mönch, „das Huhn wartet schon. Ich habe es ihm schon vor drei Tagen angekündigt!"

„Du hast was?" stammelte Julius verwirrt, der nun fast davon überzeugt war, daß der Mönch den Verstand verloren hatte.

„Ich habe es dem Huhn angekündigt, ganz recht. So fair bin ich dann schon", entgegnete Ambrosius. „Du kannst ja mal versuchen, ein Huhn ohne Vorwarnung des nachts von der Stange zu holen – es wird Zeter und Mordio schreien! Aber mein Huhn weiß Bescheid. Komm nur mit!"

Gemeinsam durchquerten sie den Garten und betraten den Hühnerstall, wo sich die ganze Schar bereits zur Nachtruhe auf ihren Stangen eingefunden hatte.

„Die hier vorne ist es", flüsterte Ambrosius, „halt mal!" Während er Julius die Machete und einen kleinen Holz-knüppel überreichte, fing er an, mit dem Huhn zu sprechen, fuhr ihm dabei mit der Hand über den Rücken und hob es schließlich behutsam von der Stange. Nicht mehr als ein leises Gurren war zu hören, das von den anderen Tieren beantwortet wurde. Mit der Henne auf dem Arm, die er unablässig streichelte, trat der Mönch nach draußen, und zwischen Faszination und Abscheu hin- und hergerissen beobachtete Julius das weitere Geschehen. Unaufhörlich murmelnd hatte Ambrosius das Tier ganz langsam an den Füßen gepackt – es hing jetzt regungslos kopfunter – und schlug es plötzlich durch einen blitzschnellen Hieb mit dem

Knüppel bewußtlos. Im nächsten Augenblick hatte er das Tier auf dem Hauklotz, der gewöhnlich zum Holzhacken diente, liegen, die Machete ergriffen und ihm mit einem Schlag den Kopf abgetrennt. Nun ging es erst richtig los. Das Huhn fing an, heftig mit den Flügeln zu schlagen, und Ambrosius hatte alle Mühe, es festzuhalten. Julius wurde kreidebleich, und obgleich er am liebsten weggelaufen wäre, konnte er doch den Blick nicht abwenden. Der Mönch lachte, aber die Aufregung war auch ihm anzumerken.

„Das Tier ist längst tot", rief er, während eine Wolke von Federn um sein Gesicht flog, „das sind jetzt nur noch die Reflexe aus dem Rückenmark!" und er gab nun Geschichten zum Besten von Hühnern und Hähnen, die ohne Kopf noch Hunderte von Metern weit geflogen waren. Die heftige Reaktion des Tieres währte denn auch nicht lange, ging zusehends in ein Zittern über und verlor sich schließlich ganz.

„Uff", sagte der Mönch, dem die Schweißperlen auf der Stirn standen, „das wäre geschafft! Gerupft und ausgenommen wird die Dame erst morgen. Jetzt kann sie erst einmal abhängen." Mit dem leblosen Huhn in der Hand blickte er Julius an und fragte ihn aufmunternd: „Beim erstenmal ist man ganz schön geschockt, stimmt's?" und als der Junge nur wortlos nickte, fuhr er fort: „Das ist nur, weil du keine Ahnung hast, wie normalerweise Hühner getötet werden."

Er atmete tief durch, während er sich, nachdem er das Huhn unter dem Vordach aufgehängt hatte, auf den Stufen vor der Küche niederließ. „Die Hühner werden ohne Vorwarnung gepackt, mit den Füßen an eine Kette, eine Art Fließband, gehängt und fahren nun los. Als erstes kriegen sie einen Stromschlag, der sie betäuben, aber auf keinen Fall töten soll. Nun, die meisten sind dann wohl auch betäubt, wollen wir zumindest hoffen. Dann geht es weiter, der Hals gerät zwischen zwei Messer, die immer enger werden – und der Hals immer länger – und patsch! ist der Kopf ab. Im nächsten Moment werden sie in heißem Wasser gebrüht, dann maschinell gerupft und schließlich zerlegt und verpackt. Alles in wenigen Minuten – und das war's dann!" Mißbilligend schüttelte er den Kopf. „Ich finde es grausam, ein Tier auf diese Art und Weise hinzurichten. Ohne Vorbereitung, ohne Abschied zu nehmen".

„Aber du hast doch auch gerade ein Tier getötet, oder hingerichtet", wandte Julius nicht ohne Empörung ein.

„Ich meine trotzdem, daß das etwa anderes ist", entgegnete Ambrosius. „Ich bin der festen Überzeugung, daß die Tiere durchaus damit einverstanden sind, ihre Körper für unsere Ernährung zur Verfügung zu stellen. Aber es ist ein Geschenk, das sie uns Menschen machen, und sie haben es verdient, daß es gewürdigt wird".

„Und du glaubst, daß du das getan hast, also, daß du es gewürdigt hast?" fragte Julius zweifelnd.

„Das habe ich zumindest versucht. Ich habe das Tier darauf vorbereitet, ich habe ihm Zeit gegeben, sich von den anderen zu lösen und Abschied zu nehmen. An seinem Verhalten konntest du sehen, daß es eingewilligt hat. Und nun lasse ich es hier hängen und auskühlen, bis das Leben vollständig von ihm gewichen ist".

„Und woher weißt du, wann das Leben, äh, wann das Tier dann endgültig tot ist?"

„Das ist so ein Gefühl", antwortete Ambrosius, „der Körper hat eine Art Ausstrahlung, und wenn die weg ist, dann spürst du, es ist jetzt nur noch ein Klumpen Fleisch. Das sind keine Theorien, das sind meine Beobachtungen. Wenn du mit

Tieren zu tun hast und wirklich genau hinschaust, und sie ernst nimmst, dann wirst du das auch sehen".

Er kratzte sich am Kopf und sprach weiter: „Das ist doch bei den Menschen auch so. Früher, ich kann mich noch daran erinnern, daß es bei uns im Dorf so war, hat man die Toten doch auch tagelang aufgebahrt, bevor man sie beerdigt hat. Jeder konnte sie sehen, jeder konnte Abschied nehmen. Heute hat doch keiner mehr die Zeit dazu. Sterben ist ein peinlicher Vorgang, den man möglichst schnell und heimlich hinter sich bringt, genau wie Scheißen. Am besten nachts, in einem einsamen Krankenhausbett: ‚Die Niere von Zimmer 28 ist leider ex!' – und am nächsten Morgen ist die Leiche schon verschwunden – freigegeben für die Pathologen, die noch ein bißchen daran herumschnippeln dürfen. Wie es der Seele geht, danach fragt niemand. Und jetzt sag doch mal selbst: wenn die Menschen schon ihresgleichen wie aus-rangierte Gebrauchsgegenstände behandeln, warum sollten sie dann den Tieren mehr Ehre erweisen?"

Julius schwieg. Ein wenig grotesk war die Situation schon. wie die beide unter der kopflos baumelnden Hühnerleiche hockten und über den Tod sprachen, und dennoch war die Atmosphäre auf eine gewisse Art und Weise feierlich und bedeutsam.

„Ich habe das Gefühl, daß das Huhn noch lebt", hörte er sich plötzlich sagen, „jedenfalls strahlt es eine Kraft aus".

„Gut beobachtet", lobte ihn der Mönch, „das ist es, was ich meine. Und du wirst feststellen, daß alles, was du mit Ehrfurcht und Dankbarkeit nimmst, auch die Pflanzen, die du erntest, oder den Apfelsaft, den du abfüllst, diese Kraft ausstrahlt."

Er grinste Julius breit an: „Was meinst du, was für ein leckeres Süppchen wir aus diesem Tier kochen werden! Eine wahre Kraftbrühe wird das sein, die Tote wieder zum Leben erwecken kann!" Er schlug sich auf die Schenkel, und als er den skeptischen Blick des Jungen sah, beeilte er sich, hinzuzufügen: „Ich habe im letzten Jahr den Bruder Sebastianus, der an einer heftigen Bronchitis erkrankt war – wenn es nicht sogar eine Lungenentzündung gewesen ist – allein mit Hühnerbrühe und Kräutertee wieder auf die Beine gekriegt. Ich kann's dir gar nicht oft genug sagen: so etwas kannst du nirgendwo kaufen. Und wo soll bei den maschinell getöteten und zerrupften Tieren auch die Kraft herkommen? Oder bei Hähnchen-Sticks, wie die Dinger heißen, die aus zermahlenen Hühnchen geknetet und gepreßt werden? Natürlich wird dir ein Lebensmittelchemiker sagen: ‚Ist doch überall das gleiche drin wie in deiner Kraftbrühe: diese und jene Aminosäure, Calcium und Phosphate, gesättigte und ungesättigte Fettsäuren' - aber daß Nahrung auch eine Seele hat, eine Lebenskraft, das verstehen diese Burschen nicht".

„Aber ihr kauft doch auch bei Aldi ein, wie ich gesehen habe", wandte Julius ein.

„Natürlich, das ist richtig. Wir können nicht alles selber machen. Gemüse, ja, und die Hühner und ein paar Schweine kommen noch dazu, und nicht zu vergessen die Bienenvölker. Aber ich bin auch nur ein Mensch mit zwei Händen. Gerne würde ich noch Getreide anbauen, Mehl mahlen, Ziegen und Kühe züchten, Butter und Käse herstellen, Bier brauen, Olivenöl pressen, Schafe scheren, Wolle spinnen, färben und weben.... aber unser kleines Kloster gibt das nicht her, und wir haben uns nun mal entschieden, in der Caritas, der Fürsorge tätig zu sein, und teilen mit den Menschen da draußen unter anderem auch den Käse von Aldi. Umso wichtiger ist es daher, daß wir die Dinge, die wir selber machen, mit Ehrfurcht und Andacht erledigen, denn sie müssen gewissermaßen das andere mit ausgleichen; sie geben uns das, was den gekauften Dingen fehlt, eben doppelt und dreifach!"

Julius ließ seinen Blick über den mittlerweile nächtlich gewordenen Gemüsegarten gleiten.

„Ich glaube", bemerkte er nachdenklich, „wenn ich eine Pflanze wäre, ich würde mich in diesem Garten sehr wohl fühlen".

„Das freut mich", erwiderte Ambrosius sichtlich gerührt, „ich gebe mir auch alle Mühe, es den Pflanzen hier so angenehm und abwechslungsreich wie möglich zu gestalten. Es ist nicht anders als wie mit Menschenkindern. Du mußt sie an eine gewisse Ordnung gewöhnen und sie ab und zu in die Schranken weisen, aber sie brauchen auch ihre Freiheit, um sich entwickeln zu können. Da muß man auch schon mal ein Auge zudrücken!" Er schwieg, und es hatte den Anschein, als ob er selber die von ihm geäußerten Gedanken erst einmal verarbeiten müsse, bevor er mit bedächtiger Stimme fortfuhr: „Es muß immer beides da sein: Ordnung und Chaos. Die Erziehung – und die pure Lebensfreude. Die Beschränkung und die Fülle. Der Gott – und die Göttin."

„Die Göttin!" entfuhr es Julius, halb bestätigend, halb fragend: „Wieso sprichst du immer von der Göttin? Ist das nicht heidnisch?"

„Ach weißt du", entgegnete Ambrosius lächelnd, „Ich bin in Griechenland geboren und aufgewachsen. Bei uns hat es immer beides gegeben, Götter und Göttinnen, und sie sind auch nicht plötzlich gestorben, als die Apostel aus dem heiligen Land zu uns kamen und den einzigen Gott verkündeten. Die Götter sind ein wenig in den Hintergrund getreten, aber verschwunden sind sie nie. Und von den sogenannten Heiden können wir, was den Umgang mit der Natur betrifft, sicher noch einiges lernen."

Er brummte unwirsch. „Gott schuf den Menschen aus einer Handvoll Lehm. So steht es geschrieben. Der Lehm aber" – bei diesen Worten griff seine Hand in die Erde und ließ sie zwischen den Fingern zerbröseln – „der Lehm ist die Mutter, die Göttin. Das wußten die Alten, nur wir, wir haben es vergessen. Deswegen haben wir heute auch eine Menge Probleme. Wir singen und beten und schauen nach oben – und trampeln gleichzeitig achtlos auf unserer Mutter herum. Weil keiner mehr nach unten schaut." Er zögerte. „Wir haben sogar die Jungfrau Maria in den Himmel erhoben, um der wirklichen Göttin nicht gegenübertreten zu müssen. Aber dir muß ich ja nichts erzählen, du hast sie ja bereits gesehen!"

Nachdenklich zerrieb er die letzten Krümel Erde zwischen seinen Fingern. „Laß uns schlafen gehen", sagte er plötzlich und stand auf. „Dem Alten wird es nicht gefallen, wenn wir so lange aufbleiben, und schon gar nicht, wenn er meine ketzerischen Reden hören würde".

Sie traten wieder in das Haus, verriegelten die Türe zum Garten, und suchten nach einem kurzen „Gute Nacht!" ihre Schlafkammern auf. Julius bemühte sich, die Stiege zu seinem Zimmer ohne Knarren zu meistern, was ihm auch leidlich gelang, zog sich dann aus und ließ den schwer gewordenen Körper ins Bett plumpsen, wo er alsbald, begleitet von wirren Bildern von einer gefiederten, kopflosen Göttin, in einen tiefen Schlaf sank.

An den neuen Lebensrhythmus schien er sich schnell zu gewöhnen. Bereits am zweiten Tag war er schon so früh wach, daß er die sich nähernden schlurfenden Schritte des Weckdienstes auf dem Flur schon von weitem vernahm, und als wäre es die selbstverständlichste Sache der Welt, marschierte er im Bademantel und mit übergeworfenem Handtuch zum Duschraum.

Bruder Ambrosius überraschte ihn dort mit einer kompletten frischen Garderobe. „Aus unserer Kleiderkammer", erklärte er unter den feixenden Blicken der anderen Mönche, „alles allerfeinste Markenware, abgelegt von reumütigen Brüdern, die dem weltlichen Tand entsagt haben". Die Heiterkeit im Waschraum steigerte sich noch, als Julius nach dem Duschen in den neuen Kleidungsstücke erschien. Die Hose war viel zu weit, gleichzeitig aber auch zu kurz, schlackerte um die Waden herum und wurde nur durch einen Bindfaden, welcher den Gürtel ersetzte, vor dem Rutschen bewahrt, und die Hemdsärmel mußte er, weil sie ohnehin nicht bis zu den Handgelenken reichten, aufkrempeln. Er fühlte sich reichlich komisch in dieser Garnitur, mußte sich aber auch eingestehen, daß seine eigenen Sachen inzwischen einen Zustand angenommen hatten, der eine Zumutung für die Gemeinschaft sowie eine Gefahr für die Küchenhygiene darstellte. In einem Mönchshabit hätte er sich allerdings noch viel eigenartiger gefühlt, und so konnte er sich damit trösten, daß ihm zumindest das erspart blieb. Der Wunsch, dazu zu gehören, hatte schließlich doch seine Grenzen, und er betrachtete vieles, was um ihn herum geschah, zwar mit Neugier, aber auch mit einer gewissen inneren Distanz.

Am deutlichsten wurde ihm das bei den Gebetszeiten und der heiligen Messe: Er war anwesend, aber zugleich von deren feierlichem Vollzug ausgeschlossen. Bruder Leo hatte ihm bereits eingeschärft, daß er als Protestant an der

Heiligen Kommunion nicht teilnehmen dürfe, und so blieb er Zuschauer und fragte sich insgeheim, warum denn die Christen unterschiedlicher Konfession ihre Rituale so gewissenhaft voneinander abgrenzen mußten. Dennoch konnte er sich dem geheimnisvollen Zauber der Messe nicht entziehen. Er spürte, daß hier etwas Großes vonstatten ging, und beobachtete auch, daß dem Pater Andreas manchmal die Tränen in die Augen stiegen – so wie heute, als er über ein Selbstmordattentat eines Palästinensers und den israelischen Vergeltungsschlag mit vielen Toten sprach – aber insgesamt blieb es für Julius bei einem dumpfen Gefühl, einer vagen Ahnung von etwas, daß man erst durch ein langes Leben und zahlreichen Erfahrungen und Entbehrungen erwerben kann. Er selber stand, das war ihm durchaus bewußt, erst am Anfang eines solchen Lebens und hatte gerade die ersten, zaghaften Schritte auf das hin gemacht, was einmal sein eigenes werden sollte, und auch wenn er gerade die Schule abgebrochen hatte, war er doch immer noch Schüler, und er lernte eifrig.

Bruder Ambrosius unterwies ihn heute in der Lektion ‚Küchenmesser'. „Einen guten Koch", erklärte er seinem Lehrjungen, als sie sich anschickten, das Huhn zu zerlegen, „erkennst du meistens an seinem Messer. Er hat ein Lieblingsmesser – vielleicht auch manchmal zwei oder drei, das ist wie mit den Frauen – und er läßt diesem ein Höchstmaß an Pflege und Sorge angedeihen. Es wird immer wieder geschliffen und abgezogen, und du kannst ihn in schiere Verzweiflung treiben, wenn du dieses Messer achtlos mit dem anderen Gerät zusammen ins Spülbecken versenkst. Verstehst du? Wer sein eigenes Messer nicht achtet, der liebt die ganze Küchenarbeit nicht!" und wie um seinen Worten Nachdruck zu verleihen, überreichte er Julius ein altes, durch wiederholtes Schleifen schon recht schmal gewordenes Küchenmesser: „Das ist jetzt deins. Und wage fortan nicht, mein eigenes Messer anzurühren!" Er lachte und schüttelte dabei drohend die Faust.

Nun folgte eine Lektion in Anatomie. Das Huhn wurde aufgeschnitten und die Kloake samt dem Darm entfernt. Vorsichtig schnitten sie den Magen heraus, öffneten ihn und zogen die ledrige, schrumplige Innenhaut ab. Interessiert betrachtete Julius den Mageninhalt. Neben halbverdauten Getreidekörnern und Gräsern entdeckte er zahlreiche kleine Steinchen. Auf seine verwunderte Frage bekam er zur Antwort, daß die Hühner die Steine aufpicken, um dadurch zusätzliche Reibungsflächen im Magen zu erzeugen, die helfen, das Futter zu zerkleinern. Nun kam die Leber zum Vorschein und mußte vorsichtig von der Gallenblase befreit werden, ohne daß die bittere Galle dabei austrat. Es folgte das Herz, und Julius ließ es sich nicht nehmen, dieses eben-falls zu sezieren, und sich die einzelnen Herzkammern und Klappen anzuschauen. Die Lunge, die zu einem kleinen, schwammigen Gebilde zusammengefallen war, beließen sie im Rumpf. Nur die Luftröhre, die Speiseröhre und der Kropf wurden noch entfernt.

„Praktische Sache, so ein Kropf", meinte der Mönch, „während unsereiner bei einem guten Essen nicht mehr tun kann, als sich den Bauch vollzuschlagen, kann das Huhn noch weiter und weiter picken, bis es buchstäblich den Hals voll hat, und dann des nachts auf der Stange immer noch weiter schlucken und verdauen!" Julius antwortete nicht, versuchte sich allerdings vorzustellen, wie es wohl aussähe, wenn Bruder Ambrosius neben seiner ohnehin beträcht-lichen Leibesfülle auch noch einen prall gefüllten Kropf vor sich herschieben würde. Schon bald jedoch wurde seine Auf-merksamkeit schon wieder anderweitig in Anspruch ge-nommen, als er sich über das rote Muskelfleisch des Tieres wunderte: „Ich hatte immer gedacht, Hühnerfleisch sei rosa oder weiß?"

„Nicht bei unseren Hühnern", antwortete Ambrosius, „die rote Farbe kommt vom Myoglobin, das ist etwas ähnliches wie der rote Blutfarbstoff, und reichert sich durch ausgiebiges Training im Muskel an. Bei dem Suppenhuhn aus der Legebatterie, das noch nie gelaufen ist, wirst du das natürlich nicht finden, ebensowenig wie bei den Masthähnchen, die in ihrem Leben nie weiter gekommen sind als den halben Meter zwischen der Sitzstange und der Futterrinne, und bei dem Gedränge in der Bodenhaltung auch gar keinen Ehrgeiz verspüren, daran etwas zu ändern, weil es ihnen eh nur Schnabelhiebe einbringt. Rot wird das Fleisch erst durch ausdauernde Aktivität!"

„Wenn ich das alles so sehe, dann habe ich ein richtig schlechtes Gewissen, daß wir dieses Tier geschlachtet haben", meinte Julius, während sie das zerlegte Huhn in den Kochtopf wandern ließen.

„Kein schlechtes Gewissen", korrigierte Ambrosius, „du hast Ehrfurcht vor dem Leben, und das ist angemessen und gut so". Er klopfte Julius freundschaftlich auf die Schulter.

„Die Tiere hängen gar nicht so sehr an ihrem Körper wie unsereiner. Sie freuen sich des Lebens, aber sie finden sich auch demütig hinein, wenn es zuende geht. Schau dir nur die Natur an. Gebären, Leben, Sterben, alles fließt ineinander über. Dieses Huhn zum Beispiel hat, so schätze ich, im Laufe seines Lebens drei- bis vierhundert Eier gelegt. Meinst du, es hat erwartet, daß aus jedem Ei ein Küken schlüpft, ein Huhn oder Hahn wird und bis ins hohe Alter herumläuft? Nein, da sind Verluste schon von vorneherein mit eingeplant. Das einzelne Individuum zählt nicht viel, denn die große Seele der Hühner sorgt immer für Ausgleich. Viel schlimmer ist es", fügte er hinzu, während er sich Julius zuwendete und die Arme vor der Brust verschränkte, „viel schlimmer ist es, wenn du die Seele eines Tieres verletzt. Das mag die große Mutter überhaupt nicht! – So, nun muß das zähe Luder aber erst ein paar Stunden kochen, damit es weich wird!"

Er stellte den Topf auf den Herd und beeilte sich anzumerken: „Das war jetzt übrigens keine Kränkung, sondern eine Tatsachenfeststellung; beachte den Unterschied!"

Julius grinste, während sein Blick auf die Innereien fiel. „Was passiert jetzt damit?" wollte er wissen.

„Ei, die hauen wir heute abend mit ein paar Zwiebeln in die Pfanne, und servieren sie dann dem Abt. Er wird sich zieren und darauf bestehen, daß erst alle anderen davon essen. Aber das Spielchen kennen wir schon. Sie werden alle dankend ablehnen, so daß unser ehrwürdiger Pater sich letztendlich doch erbarmen muß!"

Lachend schob der Mönch den Jungen aus der Küche. Julius mußte heute erfahren, daß noch weitere Aufgaben auf ihn warteten, denn auch das Säubern von Duschen und Toiletten gehörte zu den häuslichen Pflichten eines Mönches, die allerdings alle ohne Ausnahme reihum in diese Arbeit mit einbezogen wurden. „Es soll jeder sehen, wie ein Klo aussieht, auf dem im Stehen gepinkelt wird", lautete die schlichte Begründung von Bruder Ambrosius, der diese Regelung durchgesetzt hatte.

Nichts blieb Julius also erspart: Spülen und Putzen, Waschen und Bügeln – lauter Dinge, die er zu Hause nur widerwillig und nach eindringlicher Aufforderung erledigt, oder aber, weitaus häufiger, seiner Mutter ohnehin ganz allein überlassen hatte. Eigentlich war er sich immer zu schade dafür gewesen. Zwar würde er sich nie in die Behauptung versteigen, das sei ja nur Frauenarbeit, wie es manche seiner Altersgenossen taten, aber dennoch lagen derartige Verrichtungen außerhalb seines Horizonts, so als ob er meinte, dergleichen würde sich gewissermaßen von selbst erledigen. In diesen Angelegenheiten besaß er noch immer den Blickwinkel eines Säuglings, der sich nicht darum bekümmert, wo die sauberen Windeln herkommen und wer die Reste seines Stoffwechsels beseitigt – eine Sichtweise, die mancher wohl ein ganzes Leben lang aufrechterhält.

Im Kloster wurde ihm das jedoch schnell ausgetrieben, und es bedurfte dazu keiner Maßregelung. Es wäre ihm vielmehr ausgesprochen peinlich und unerträglich gewesen, wenn ein anderer Mann hinter ihm her geputzt, gespült oder gewaschen hätte, und die Tatsache, daß weit und breit keine Frau zu sehen war, ließ ihn gar nicht erst auf die Idee kommen, von irgend jemandem derlei Dienstleistungen zu erwarten. Die von ihm bislang gehegte, stillschweigende Überzeugung ‚der Haushalt macht sich doch von selbst' schien offensichtlich doch auf geheimnisvolle Weise mit der Anwesenheit eines weiblichen Wesens verknüpft zu sein.

Julius war aber in Wahrheit weit davon entfernt, sich über solche Fragen tiefschürfende Gedanken zu machen. Er arbeitete fleißig, tat, was man ihm auftrug und war im Grunde genommen froh, daß ihm zunächst einmal alle Entscheidungen und die damit verbundenen Überlegungen abgenommen wurden. Er war beschäftigt, und er war zufrieden. Zudem verstand er sich mit Ambrosius hervorragend, und wäre am liebsten gar nicht mehr von dessen Seite gewichen.

5.

Bruder Leo

Es traf ihn daher wie ein Schock, als nach dem Mittagessen Bruder Leo auf ihn zutrat und ihm bedeutete, er möge sich binnen einer Stunde, also nach der allgemeinen Mittagsruhe, im Büro zum Unterricht einfinden.

Unterricht! Plötzlich war für Julius alles wieder gegenwärtig: Die Schule, die langweiligen Lektionen in deutscher Grammatik, Matheaufgaben ohne Sinn und ohne Ende, selbstgefällige und bedeutungslose englische Konversationen, sowie schlechtgelaunte Lehrer, die ständig herumnörgelten und ihn mit Zensuren bombardierten, als wären es Ohrfeigen oder Peitschenhiebe. Im Nu hatte sich die sogenannte Mittagsruhe, die er allein in seiner Zelle verbrachte, in eine Stunde höchster Unruhe verwandelt – und ausgerechnet Bruder Leo, der Strenge, der Unnahbare! Er war doch geradezu der Prototyp des gnadenlosen Schulmeisters, und das Schlimmste war: Hier gab es kein Entrinnen, es sei denn, er würde das Kloster verlassen, was für ihn überhaupt nicht in Frage kam, und so fühlte er sich jetzt auf Gedeih und Verderb ausgeliefert – weitaus stärker, als es während seiner Schulzeit jemals der Fall gewesen war.

Doch mit unseren Ängsten und Befürchtungen ist es oft eine sonderbare Sache. Das Unbekannte schreckt uns, ohne daß wir genau wissen, warum; und um es greifen und begreifen zu können, machen wir uns Vorstellungen, die sich aus all dem zusammensetzen, was wir bereits früher schon an

Schrecklichem erlebt haben – ein Extrakt allen Schreckens sozusagen, sorgfältig arrangiert und zusammengefügt zu einer Vision des Grauens, was aber immer noch erträglicher zu sein scheint, als gar keine Vorstellung zu haben von dem, was sich da möglicherweise anbahnt. Durch diese Brille betrachtet, sehen wir im Neuen immer wieder nur das Alte, lassen viele Chancen unbeachtet verstreichen und klammern uns an das, was wir erwarten, befürchten und bereits kennen. Mag dieses Szenario auch noch so unangenehm sein, so ist es doch wenigstens vertraut, und man darf sich später damit trösten, es schließlich immer schon gewußt zu haben: Genau so mußte es ja kommen! So war denn auch Julius voller böser Vorahnungen, als er zur festgesetzten Zeit, fast auf die Sekunde genau, das Büro betrat, den bereits dort sitzenden Bruder Leo vorfand und sich an dem großen Arbeitstisch, der eigentlich nichts weiter war als eine ausgehängte Türe, die auf zwei Böcken ruhte, niederließ.

„Ich habe nicht viel Zeit", eröffnete der Mönch ohne Umschweife, „ich werde dich nicht fünf oder sechs Stunden täglich unterrichten können, wie du es von der Schule her kennst. Wir erwarten aber, das du trotzdem dein Pensum schaffst, und dir hier im Kloster keine Zeit verlorengegangen ist, wenn du einmal beschließen solltest, doch noch den Hauptschulabschluß nachzuholen. Das dürfte aber kein Problem sein". Er drehte dabei einen Kugelschreiber zwischen Zeigefinger und Daumen hin und her. „Du wirst mit ein bis zwei Stunden Arbeit am Tag locker das gleiche erreichen, und sogar noch mehr, wie an einem ganzen Tag in der Schule, wo, wie du ja selber weißt, die meiste Zeit sinnlos vertrödelt wird".

Julius zuckte zusammen. Er, der in seiner feindseligen Grundstimmung eigentlich darauf eingestellt war, alles, was der Mönch vorbringen würde, innerlich abzulehnen und abzuwehren, glaubte, sich verhört zu haben. „Wie meinen Sie das?" fragte er irritiert.

„Genauso, wie Sie es gehört haben", antwortete Bruder Leo und brachte den Jungen nun völlig aus der Fassung. „Aber wollen wir nicht beim ‚Du' bleiben, wie es unter Brüdern üblich ist?"

„Ja, doch, natürlich", stammelte Julius verlegen, den es nun sichtlich Mühe kostete, seine mühsam zusammengesuchten Vorurteile aufrechtzuerhalten.

Bruder Leo kannte die Jugendlichen gut genug, um zu wissen, daß er Julius nun da hatte, wo er ihn haben wollte. Der Junge war verwirrt, versuchte sich neu zu orientieren und war somit in der besten Verfassung, die ein Lehrer sich wünschen kann: Die Kruste war aufgebrochen, die Saat konnte gelegt werden.

„Sag mir doch einmal eine Zahl zwischen eins und zehn!" forderte er Julius auf.

„Zwischen eins und zehn?" wiederholte dieser mechanisch, der nun überhaupt nicht mehr wußte, woran er nun bei dem Mönch war, „zwischen eins und zehn....na gut, drei!"

„Wunderbar", bekräftigte der Mönch, „und jetzt erzähl mir mal alles, was dir zu ‚drei' einfällt – ganz spontan, ohne lange zu überlegen!"

Julius zögerte. „Vielleicht die heilige Dreifaltigkeit?" murmelte er verlegen.

„Ach Gott!" - der Mönch schlug die Hände über dem Kopf zusammen. „Noch komplizierter ging es wohl nicht? Du kommst hier mit Sachen an, entschuldige bitte, aber die haben wir selber ja noch nicht richtig verstanden. Nein, das geht nicht, das kommt erst viel später dran. Es gibt bestimmt noch was Leichteres, denk mal weiter..."

„Aller guten Dinge sind drei!" kam es nun von Julius wie aus der Pistole geschossen.

„Schon besser", bestätigte Leo, „schon besser. Aber vielleicht noch ein bißchen zu abstrakt. Ich hätte es gerne konkreter, lebendiger, verstehst du?"

Julius nickte und begann plötzlich zu kichern: „Nein, das ist zu albern..."

„Was denn?"

„Na, ich dachte an die drei Musketiere".

„Ja, das ist doch mal was, hervorragend!" Bruder Leo schien nun völlig übergeschnappt zu sein und war nicht mehr zu bremsen: „und was fällt dir zu den drei Musketieren ein? Was bedeuten sie für dich? Was für Gefühle hast du dazu?" Er schaute Julius mit großen, leuchtenden Augen an; die Leidenschaft schien ihn gepackt zu haben.

Julius konnte sich dieser Begeisterung nicht entziehen, und die Worte sprudelten förmlich aus seinem Munde: „Nun, an Heldentaten denke ich, an Mut, aber auch an Freundschaft, Kameradschaft, daß man einander nicht im Stich läßt. Gemeinsam sind wir stärker, ach ja, jetzt fällt es mir wieder ein: ‚einer für alle, alle für einen!' haben sie immer gesagt, das war das Motto. Also, wenn es mal einen erwischt, dann holen die anderen ihn da wieder raus, da kann man sich drauf verlassen; aber auch, manchmal muß man auch alleine durchs Feuer, für die anderen mit, sozusagen, zum Beispiel wenn es um die Ehre geht. Man kann nicht immer auf die anderen warten, man ist allein, aber im Grunde doch nicht allein."

Auch er hatte inzwischen glänzende Augen bekommen, und der Mönch lächelte ihn an: „Donnerwetter, da kann ich ja sogar noch was lernen – vielleicht hat das sogar mehr mit der heiligen Dreifaltigkeit zu tun, als ich dachte. Doch genug für heute!"

Er stand abrupt auf und wurde im Nu wieder der nüchterne, sachliche Schulmeister. „Du wirst bis morgen einen kleinen Aufsatz schreiben über das Motto ‚einer für alle, alle für einen'. Du wirst deine Gedanken dazu ein wenig ordnen und in einwandfreies Deutsch fassen. Zweitens: Hier ist ein Mathematikbuch. Such dir ein paar Aufgaben heraus, egal was, wozu du Lust hast, und immer wenn die Ziffer drei auftaucht, wirst du aufstehen und laut rufen: ‚einer für alle....'"

„...alle für einen!" antwortete Julius vergnügt, während er aufsprang und in die ausgestreckte Hand des Mönches einschlug.

„Du kannst hier im Büro bleiben", meinte dieser, „Papier und Stifte gibt es genug, und hier hast du einen Schnellhefter. Morgen schau ich mir an, was du geschafft hast". Mit diesen Worten drehte er sich um und ging hinaus.

Julius, dessen Begeisterung nun einmal geweckt war, konnte es kaum erwarten zu beginnen. Hastig suchte er die nötigen Utensilien zusammen, überlegte noch kurz, ob er mit den Rechenaufgaben oder dem Aufsatz anfangen sollte, entschied sich aber dann für die Mathematik. Beim Durchblättern des Buches fiel sein Blick auf das Kapitel ‚Berechnungen von Körpern.

„Ha!" sagte er sich selbst, „dreidimensionale Gebilde, das ist es doch schon! Einer für alle, alle für einen!" und mit Feuereifer begann er zu rechnen, wobei er hin und wieder auf einem Zettel die Gedanken notierte, die ihm bezüglich seines

Aufsatzthemas in den Kopf kamen. „Wenn Lernen so aussieht", dachte er sich, „habe ich eigentlich gar nichts dagegen!"

Manche Aufgaben schienen ihm im ersten Moment schwierig, aber schnell hatte er erkannt, daß es nur die richtige Formel zu finden galt und die Hinweise dazu häufig schon in der Aufgabenstellung enthalten waren. Oft tauchten Bilder vor seinem inneren Auge auf: Da sah er einen ängstlichen, verzweifelten Julius vor seinen Aufgaben sitzen, dem plötzlich zwei andere Juliusse zu Hilfe kamen: Alle für einen! oder aber, wenn sie alle drei nicht mehr weiterkamen, zog er sein Schwert und ging allein auf die Aufgaben los: Einer für alle! Und jedesmal, wenn die Ziffer drei auftauchte, ließ er die Drei ihre Klingen kreuzen und ihren Schwur wiederholen. So ging ihm die Arbeit rasch von der Hand, und er besaß nun auch genug Stoff für den Aufsatz „Die drei Musketiere und das Volumen von geometrischen Körpern". So entstand eine heitere Geschichte von heldenhaften Begegnungen, Kämpfen und Schlachten mit Würfeln, Quadern, Kugeln und Zylindern. Die Stunden vergingen wie im Flug, und Julius wußte nicht, ob das ganze nun Ernst war oder nur ein Spiel. Was auch immer – die Ergebnisse konnten sich sehen lassen. Vergnügt und stolz überreichte er am Abend Bruder Leo den Schnellhefter, und dieser konnte sich ein leichtes Lächeln nicht verkneifen.

Von nun an war der Unterricht ein regelmäßiger Bestandteil des Tages. Die meiste Zeit arbeitete Julius allein. Das gefiel ihm; er war ohnehin eher jemand, der gerne auf eigene Faust forschte und lernte, und oft hatte er das Gefühl, er würde sich lieber die Zunge abbeißen, als jemand anderen um Rat zu fragen. So blieben denn auch die Unterweisungen durch Bruder Leo kurz und bündig. Immer wieder nahmen sie sich eine neue Zahl vor, die auf ihre tiefere Bedeutung hin abge-klopft wurde.

Bei der „Sieben" zum Beispiel schwankte Julius lange zwischen den sieben Todsünden und den sieben Zwergen. Der Mönch meinte dazu nur, es sei eigentlich egal, wofür er sich entscheide; beides seien Geschichten für Kinder und keine großen Sachen. So gelangten sie nach einigem Hin und Her schließlich zum tapferen Schneiderlein, das einst sieben Fliegen auf einmal erschlagen hatte, sich fortan mit der Aufschrift „Sieben auf einen Streich" brüstete und damit manch einfältigen Zeitgenossen in Furcht und Schrecken versetzte.

„Da siehst du es wieder", kommentierte Leo, „die Leute nehmen wieder etwas für größer, als es tatsächlich gewesen ist. Es lohnt sich immer, genau hinzuschauen. Und was die Zahl Sieben betrifft" – er zeichnete sieben kleine Kreise auf ein Blatt Papier und fing an sie auszumalen, „es gibt Naturvölker, wie zum Beispiel die Inuit, auch als Eskimos bekannt, die nie weiter als bis sechs gezählt haben. Verstehst du? Sie kennen nur sechs Zahlen; alles, was darüber hinausgeht, ist für sie schlichtweg nur „Viele". Unser Hang zum Zählen ist für sie eine Quelle der Belustigung; es macht für sie keinen Sinn, und in der Tat: Das menschliche Gehirn kann im Grunde nur bis sechs zählen. Wenn ich hier schwarze Kreise male, wirst du mit einem Blick sagen können, wie viele es sind, vorausgesetzt, es sind nicht mehr als sechs. Natürlich wirst du mit Recht behaupten, du könntest auch sieben oder acht Kreise erkennen, aber du vermagst es erst, wenn du, ohne es zu merken, eine mathematische Operation, wie zum Beispiel drei plus vier oder zwei plus fünf, durchgeführt hast. Das geht zwar blitzschnell und du bist dir dessen nicht bewußt, aber es ist ein Trick; dein Gehirn kann keine sieben Dinge auf einmal erkennen. Und so kannst du, wenn in alten Geschichten von 'sieben

Jahre Unglück', 'sieben Zwerge' oder 'sieben Todsünden' die Rede ist, davon ausgehen, daß jedesmal eigentlich nur 'viele' gemeint sind: 'Viele Jahre, viele Zwerge, viele Todsünden'...ohne Zahl."

Julius war fasziniert. Solche Gedanken waren ihm noch nie gekommen, und selbst wenn, so hätte er sie als unbedeutende Spielerei abgetan. Nun aber schien es ein zentraler Teil des Unterrichts zu sein, und er konnte sich die Frage nicht verkneifen: „Was hat das eigentlich mit meinem Hauptschulabschluß zu tun?"

„Eine typische Schulfrage", entgegnete Leo ein wenig unwirsch, „alles muß sofort und direkt einen Nutzen haben, am besten noch mit Geld aufgewogen werden können. So werden Kleingeister gezüchtet und jeder Spaß am Lernen vergällt".

Er räusperte sich und fuhr dann fort: „Ich will dir aber nicht verschweigen, daß ich durchaus auch einen Nutzen darin sehe. Zum einen rege ich deine Phantasie und deine inneren Bilder an. Menschen sind von Natur aus neugierig und empfinden es als sehr befriedigend, ihre Neugier zu stillen. Also klappere ich verschiedene Themen ab und schaue, welches dich wirklich begeistert. Da steige ich dann ein. Ich öffne sozusagen eine Tür, und wenn mir das gelingt, dann ist es gar nicht so wichtig, was du lernst, sondern daß du überhaupt bereit bist, etwas zu lernen. Und ich kann dir in diesem Zustand Aufgaben unterjubeln, die du in einer anderen Verfassung entrüstet von dir gewiesen hättest".

„Das stimmt", bestätigte Julius, „wenn wir miteinander geredet haben, brenne ich richtig darauf, noch etwas zu tun, zu schreiben, zu lesen, oder zu rechnen!"

„Und das ist ganz natürlich", ergänzte der Mönch, „Lernen ist die natürlichste Sache der Welt. Schau dir junge Tiere an oder Kinder, wie sie neugierig die Welt erforschen und alles Mögliche ausprobieren. Es ist schon eine recht beachtliche Leistung unserer Schulen, daß sie es schaffen, den Kindern ihre Neugier auszutreiben – bis ihnen diese Kinder eines Tages davonlaufen, wie ein gewisser Julius!"

Der Junge mußte lachen, aber ihm war auch traurig zumute. Es rührte ihn an, daß plötzlich ein Mensch Verständnis für ihn aufbrachte in einer Angelegenheit, die er selber noch gar nicht so recht begriffen hatte. Er war schließlich einfach nur geflüchtet, ohne weitere Überlegungen, verzweifelt und mutlos. Und nun stand er vor der Tatsache, daß jemand anderes eine Erklärung für sein Verhalten hatte, und daß es einen Sinn ergab. Er konnte spüren, daß er in diesem Augenblick eine gehörige Portion Selbstachtung zurückgewann, und das trieb ihm beinahe die Tränen in die Augen. Der Mönch schaute ihn wortlos an. Er wußte, wann es Zeit war, zu schweigen und seinen Schüler sich selbst zu überlassen.

Erst geraume Zeit später, als Julius sich wieder gesammelt zu haben schien, ergriff er noch einmal das Wort: „Ich habe mit dir die Zahlen erforscht, weil ich denke, es macht überhaupt keinen Sinn, daß man sich an Mathematik versucht, bevor man sich nicht die Zahlen zu Freunden gemacht hat. Den meisten Kindern, mit denen ich zu tun habe, jagen Zahlen Furcht und Schrecken ein. Da kann ich doch nicht erwarten, daß sie gerne rechnen? Offenbar sind aber viele Erwachsene der Meinung, daß Angst der beste Lehrmeister ist. Und um den Schrecken noch zu steigern, schreibt man den Kindern unter ihre Arbeiten mit blutroter Tinte noch eine weitere Zahl. Und so lernen sie zählen: Wieviele Minuten noch bis zur Pause? Wieviele Tage bis zum Wochenende? Wieviele Wochen noch bis zu den Ferien? Wieviele Jahre bis zur Rente? – Aber wer will es ihnen verübeln; die Lehrer denken ja genauso!"

„Wieso bist du denn eigentlich kein Lehrer geworden?" platzte Julius dazwischen, „da sähe doch die Schule ganz anders aus, mit Lehrern wie dir!"

„Na, ich weiß nicht", antwortete der Mönch, „ich habe mir bislang die Freiheit des Geistes dadurch erhalten, daß ich das Gelübde abgelegt und dieses Kloster mitgegründet habe. Wäre ich Lehrer, könnte es gut sein, daß mich dieses Schulsystem mürbe gemacht hätte, wie so viele andere auch, die mit guten Vorsätzen begonnen haben. Da ist die Bürokratie mit ihren lähmenden Vorschriften, da sind Eltern, die wollen, daß ihr Kind zählbares mit nach Hause bringt, da ist so vieles, was einengt und einschränkt – Lehrpläne, Stundenpläne, Zeitpläne..." Plötzlich schaute er Julius direkt ins Gesicht und rief lachend: „Aber vielleicht machst du es ja eines Tages!"

Julius war viel zu überrascht, um zu protestieren. Er als Lehrer? Eigentlich war er ja jemand, der noch vor nicht allzu langer Zeit jeden Gedanken an Berufstätigkeit, welcher Art auch immer, mit Abscheu von sich gewiesen hatte. Einen Beruf zu ergreifen, das bedeutete zugleich, sich in das Gesellschafts- und Wirtschaftsleben einzugliedern, das er so sehr verachtete; ein kleines Rädchen zu werden in einem großen, unüberschaubaren Getriebe und darin sang- und klanglos zu verschwinden – und das kam überhaupt nicht in Frage! Und dennoch mußte er sich eingestehen, daß die Bemerkung von Bruder Leo ihn in irgendeiner Weise berührt hatte: Der Gedanke, es eines Tages selber einmal als Lehrer zu versuchen, besaß durchaus etwas Verlockendes. Man mußte ja nicht gleich zum Rädchen werden; er würde vielleicht eher der Sand im Getriebe sein wollen?

Nun, jetzt war ohnehin nicht der Zeitpunkt, an dem eine Entscheidung gefordert war, und er sah daher auch keine Notwendigkeit, diesen Gedanken weiter zu spinnen, aber es war nicht zu übersehen, daß eine Veränderung in ihm vorging. Er war nicht mehr nur auf der Flucht. Hier, bei den Mönchen hatte er begonnen, seine Muskeln und seinen Geist wieder spielen zu lassen, und er spürte Gelüste, es irgendwann allen einmal richtig zu zeigen.

„Wartet nur ab", dachte er, „bis eines Tages der Julius wiederkommt!" Es klang fast ein wenig wie eine Drohung, wenngleich er weder genau sagen konnte, an wen sie gerichtet war, noch worin sie eigentlich bestand. Das würde alles noch reifen müssen, aber eines war schon jetzt gewiß: Wenn Julius eines Tages zurückkehrte, dann würde es ein anderer Julius sein, als der, der vor ein paar Wochen geflüchtet war; einer, der gelernt hat, wie man ein Hühnchen rupft!

Belustigt über dieses Wortspiel schaute er zu Bruder Leo auf, mußte aber mit Erstaunen feststellen, daß dieser sich bereits still und heimlich aus dem Staube gemacht hatte. „Auch egal!" sagte er daraufhin zu sich selbst, schnappte sich eine englische Grammatik und begann ein System auszutüfteln, mit dem er die unregelmäßigen Verben üben konnte.

Auf diese Weise vergingen Tag um Tag, Woche um Woche. Die Blätter der Bäume fingen an, sich zu verfärben und verkündeten den nahenden Herbst; eine Tatsache, derer Julius sich spätestens dann bewußt wurde, als er von Ambrosius beauftragt wurde, das Laub auf den Kieswegen vor dem Klostergebäude aufzukehren, was von nun an fester Bestandteil seines Tagesablaufes wurde.

„Laub ist ein kostbarer Rohstoff!" hatte ihm der Mönch eingeschärft. Es diente ihm als Einstreu für den Hühnerstall genauso wie als Winterdecke für die zahlreichen abgeernteten Gemüsebeete, wobei er allerdings feine Unterschiede machte: „Kastanie und Nußbaum taugt nichts, dieses Laub ist viel zu sauer", belehrte er seinen Gehilfen, „es dauert ewig und drei Tage, bis es verrottet. Birke und Hasel sind ausgezeichnet, aber auch die Obstbäume".

Dergestalt ausgebildet kratzte Julius nun Schubkarre um Schubkarre mit Blättern zusammen, um sie zu ihren Bestimmungsorten zu transportieren. Er verfuhr dabei so gründlich, daß sich der Abt eines Tages lachend bei ihm beschwerte, weil der Vorhof ihm allzu blitzblank gesäubert schien: „Man sieht ja gar nicht mehr, daß Herbst ist!" meinte er belustigt und gestattete ihm, auch ruhig einmal an der einen oder anderen Stelle ein paar Blätter liegen zu lassen, „der Herbststimmung zuliebe", wie er sich ausdrückte.

Julius erledigte nach wie vor alle ihm aufgetragenen Arbeiten bereitwillig und ohne Murren, auch wenn ihm oft die Glieder schmerzten und er manchmal während der Vesper einzuschlafen drohte.

Ein wenig eigenartig war ihm allerdings schon zumute, vor allem, wenn er an seinen Schularbeiten saß, und seine Verwirrung war schließlich so groß, daß er eines Tages ganz unvermittelt Bruder Leo, der gerade die Mathematikaufgaben kontrollierte, ansprach: „Ich verstehe das gar nicht, wie kommt es, daß ich jetzt freiwillig lerne und lerne, ohne Widerwillen, wo ich das doch gehaßt habe ohne Ende?"

„Das wundert dich?" murmelte der Mönch, ohne von dem Heft, das er gerade vor sich hatte, aufzublicken, „du hast doch nicht das Lernen gehaßt, sondern die Schule."

Julius nickte bestätigend, während der Mönch fortfuhr: „Du bist doch davongelaufen, weil du etwas lernen wolltest, etwas, das sie dir in der Schule nicht bieten konnten. Du wußtest nur nicht, was es ist!"

Der Junge wollte gerade ein befriedigtes Lächeln aufsetzen, als Bruder Leo sich zu ihm drehte und ihm mit strengem Blick direkt ins Gesicht sah: „Du weißt es auch jetzt noch nicht. Und wenn unser Pater dich nicht von der Straße geholt hätte, ich bin sicher, du hättest bis heute weder eine Silbe Englisch gelernt noch eine einzige Mathematikaufgabe gelöst."

„Aber jetzt lerne ich doch..." stotterte Julius verlegen.

„Jaja", entgegnete Leo gedehnt, „aber nur, weil du gar nicht anders kannst. Du weißt genau, was passieren würde, wenn du hier deine Trotznummer abziehst. Du willst um jeden Preis hierbleiben, und du willst, daß wir dich mögen, deshalb rackerst du dich so ab!"

Julius durchzuckte es wie ein Schmerz. Das war starker Tobak, und in der Tiefe seiner Seele regte sich Widerspruch. So war es nicht! So berechnend und nur auf seinen eigenen Vorteil bedacht, wie es ihm gerade unterstellt wurde, war er doch gar nicht!

Zugleich aber verwirrte ihn dieser Vorwurf auch, so daß er anfing, an sich selber zu zweifeln: Wenn der Mönch nun doch recht hatte? Sicher, er sah sich selbst nicht als berechnend, aber er hatte sich auch bislang wenig Gedanken über sein Verhalten gemacht, so daß er über die plötzliche Herausforderung, sich über seine wirklichen Motive klar zu werden, ins Grübeln geriet. Konnte es nicht sein, daß er tatsächlich solch niederträchtige Gefühle hegte, und sich derer nur nicht bewußt war? Zumindest war er außerstande, die Vorwürfe des Mönches zurückzuweisen, und schaute ihn nur mit großen, furchtsamen Augen an.

„Du meinst vielleicht", fuhr Bruder Leo, der dieses Schweigen nicht recht zu deuten wußte, fort, „du meinst vielleicht, du arbeitest hier aus freien Stücken und aus eigener Entscheidung. Dem ist aber nicht so. Du bekommst hier ganz eindeutige Anweisungen, was du wann zu tun und zu lassen hast und wie dein Tag abzulaufen hat. Wahrscheinlich hast du so etwas in deinem ganzen bisherigen Leben noch nicht erlebt. Du empfindest das nur deshalb nicht als störend, weil alles neu für dich ist und daher wahnsinnig interessant. Das kann in ein paar Wochen oder Monaten schon wieder ganz anders aussehen. Außerdem genießt du es, daß sich jemand mit dir beschäftigt, dir auf die Finger guckt und dir genau sagt, was du tun sollst – und dem du stolz zeigen kannst, was du alles drauf hast!"

Der Mönch stand auf und begann in dem kleinen Büro auf und ab zu gehen, um seiner wachsenden inneren Erregung Herr zu werden.

„Ihr habt doch heutzutage nicht zu wenig Freiheit, sondern viel zu viel; ihr wißt gar nicht, was ihr damit anfangen sollt. Und du rennst weg, und zwar nicht etwa, weil du zu viel Druck hast, sondern eher zu wenig, aus lauter Langeweile und aus Einsamkeit. Und du rennst, wie du meinst, in die Freiheit, aber steuerst zielstrebig die Leute an, die dir alle Entscheidungen abnehmen und dir sagen, wo es langgeht!" Er hielt plötzlich inne, starrte den Jungen entgeistert an und legte wie aus einer plötzlichen Eingebung heraus die Hand auf seine Schulter.

„Menschenskind", seufzte er nun in einem weit versöhnlicherem Ton, „dir fehlt der Vater. Das ist es: Euch allen fehlt der Vater. Was sind denn das für Männer, denen ihr heutzutage begegnet? Trottel sind es, die ihre Familie nicht allein ernähren können, die ihre Arbeitsplätze nicht halten können, die von den Frauen verspottet und lächerlich gemacht werden....na, da sollst du dich wohl hier im Kloster fühlen wie im siebten Himmel: Endlich mal ein paar Männer, über deren Köpfen kein Frauenpantoffel kreist! Was für eine Wohltat!" Er lachte laut, aber sein Lachen klang sarkastisch und gequält.

„Entschuldige", fügte er rasch hinzu und bemühte sich, seine Fassung wiederzugewinnen, „ich bin vielleicht etwas zu weit gegangen. Es ist schon in Ordnung, daß du hier bist und daß es so ist, wie es ist. Ich bin manchmal etwas ungeduldig." Er begann wieder auf und ab zu gehen, während Julius ihn mit seinen Blicken verfolgte.

„Aber merk dir trotzdem eins" - abrupt blieb er stehen, während seine Stimme wieder die metallische Schärfe bekam, die man von ihm gewohnt war, und er zugleich den Anschein erweckte, als wolle er sein Gegenüber mit dem ausgestreckten Zeigefinger durchbohren: „Du bist nicht am Ziel. Ganz und gar nicht, bild dir das bloß nicht ein. Du bist noch ganz unten, ganz am Anfang, und es liegt noch harte Arbeit vor dir. Kein Grund also, selbstzufrieden zu sein!"

Und mit diesen Worten ließ er Julius sitzen und verließ fluchtartig den Raum.

„Das Vermächtnis des Bruder Leo!" schoß es Julius unwillkürlich durch den Kopf, und er mußte lachen, während sich seine Erstarrung löste. Was waren doch gerade die letzten Worte des Mönches gewesen? „Es liegt noch harte Arbeit vor dir. Kein Grund selbstzufrieden zusein!"

„Hat er mich damit gemeint?" fragte sich Julius. War er kurz zuvor noch recht verzagt und kleinlaut gewesen, bemüht, den Ausführungen des Mönches zu folgen und sie nachzuvollziehen, wobei er der festen Überzeugung war,

Bruder Leo müsse auf jeden Fall recht haben, so wußte er bei dessen letzten Sätzen instinktiv und sicher: „Das hat nichts mehr mit mir zu tun – das hat er nur zu sich selbst gesagt!"

Julius atmete tief durch. „Kein Grund, selbstzufrieden zu sein" wiederholte er in Gedanken, „das ist Leo, wie er leibt und lebt, und er kann es kaum ertragen, daß es Menschen gibt, die anders darüber denken". Mochte der Mönch auch in vielem, was er gesagt hatte, recht haben. Aber warum sich selber so quälen? Hatte überhaupt irgend jemand eine Chance, vor dem Urteil dieses Menschen zu bestehen? War er nicht seinen Mitmenschen gegenüber genauso gnadenlos wie zu sich selbst? War nicht die Ungeduld, die er anderen gegenüber an den Tag legte, im Grunde die Unzufriedenheit mit sich selbst?

Julius sah plötzlich die ganze Szene, die sich soeben abgespielt hatte, wie einen Film noch einmal ablaufen, aber diesmal mit ihm als Zuschauer. Er sah einen aufgeregten, getriebenen Menschen, der seine innere Unruhe kaum beherrschen konnte, auf einen anderen Menschen einreden, der kaum wußte, wie ihm geschah, und der einfach nur dasaß, schweigend, unbeweglich und aufmerksam – aber wer von den beiden war nun eigentlich der Mönch?

Bedächtig kramte er seine Sachen zusammen und machte sich auf den Weg zum Küchendienst, und während er den langen Gang entlang schlenderte, wunderte er sich doch ein wenig über die innere Ruhe, die sich seiner bemächtigt hatte. Eigentlich hatte doch die heile Welt des Klosters einschließlich der würdigen Mönche soeben einen heftigen Knacks bekommen, aber gleichzeitig spürte er, daß er im gleichen Augenblick auch gereift und ein Stück weit erwachsener geworden war. Der Bruch, wenn es denn einer war, hatte nichts Bedrohliches für ihn; es war vielmehr, als ob sich ein

Schleier vor seinen Augen gelüftet hatte. Er war mit einem Mal nicht mehr das kleine Bübchen, das von anderen belehrt werden mußte, sondern hatte einen eigenen Standpunkt entdeckt, von dem aus er das Geschehen beobachten konnte. Wieviel klarer war nun sein Blick, und wieviel weiter der Horizont! Und zum erstenmal seit seiner Ankunft im Kloster ertappte sich bei dem flüchtigen Gedanken, was denn das Leben außerhalb dieser Mauern noch an Überraschungen für ihn bereithalten möge.

Lange konnte er nicht bei diesen Gedanken verweilen. Der Küchendienst rief, und er mußte sich auf seine Arbeit konzentrieren. Heute galt es Pilze zu sortieren und zu putzen. Bruder Ambrosius hatte ihn am Vortag mit in den Wald genommen und ihm eine kleine botanische Lektion darüber erteilt, welche Pilze eßbar seien und von welchen man lieber die Finger ließe.

„Die wenigsten sind wirklich giftig", hatte er erklärt, „und du wirst nur selten auf sie stoßen. Die meisten sind schlicht und ergreifend ungenießbar, und es reicht für den Anfang, wenn du dir ein paar Speisepilze einprägst, die du genau kennst, und von allem anderen die Finger läßt." Er zeigte ihm den großen Parasol mit seinem weitausladenden, schuppigen Schirm, außerdem den Maronenröhrling, der dunkelbraun glänzend in dem nassen Laub oft nur schwer zu entdecken war, und dessen Unterseite violett anlief, wenn man sie berührte, und vor allem den würzig duftenden Hallimasch, der wie Unkraut in dichten Büscheln um alte Baumstümpfe herumstand, und eine solche Vielfalt von Formen und Farben aufwies, daß der Junge immer wieder ins Zweifeln kam, ob es denn noch der gleiche Pilz sei. Besonders faszinierte ihn aber immer wieder der Fliegenpilz, der hier und da in kaum zu überbietender Dreistigkeit seine weißgesprenkelte rote Kappe aus dem eintönigen Grau und Braun hervorstreckte.

„Der hat es nicht nötig, sich zu verstecken", bemerkte der Mönch mit verschmitztem Lächeln, „wenn du den verzehrst, wirst du vielleicht ein paar interessante Halluzinationen haben, aber in erster Linie wird dir derart kotzübel, daß du ihn sicher kein zweites Mal mehr anrühren wirst!"

„Ist der denn nicht sogar giftig?" fragte Julius erstaunt, denn das war eigentlich das einzige, was er über Pilze wußte.

„Das sagen die Leute", antwortete Ambrosius lachend, „aber ich kenne keinen, der daran gestorben ist. Man braucht dem, der davon genascht hat, nicht einmal im Krankenhaus den Magen auszupumpen, das erledigt der Fliegenpilz ganz von alleine!" und mit geheimnisvoller Miene fügte er hinzu: „Man sagt, daß die Hexen ihn benutzen, wenn es mit dem Ritt auf dem Besen nicht so recht klappen will. Mit dem Pilz im Leib fliegt es sich anscheinend besser, deshalb heißt er wohl auch Fliegen-Pilz."

Julius hörte dem kichernden Begleiter kaum richtig zu. In kurzer Zeit hatte er ein scharfes Auge für Pilze entwickelt, und konnte kaum lange an einer Stelle verweilen, weil sein suchender Blick ihn weiter und weiter trieb. Es war, als ob ein uraltes Gen, das er von seinen Vorfahren, den Jäger- und Sammlerhorden geerbt hatte, plötzlich wieder aktiviert worden war und sich nun mit ganzer Leidenschaft Bahn brach. Er hätte sicherlich zentnerweise Pilze mit nach Hause geschleppt, wenn ihm Bruder Ambrosius nicht schließlich Einhalt geboten hätte.

„Es ist genug, wer soll denn das alles essen?" hielt er ihn zurück, und es kam Julius so vor, als ob er aus einer Trance erwachte.

Nun aber, als er in der Küche stand, war er selber erstaunt, welche Mengen sie da zusammengetragen hatten. Jetzt ging es ans Sortieren, denn jede Pilzart wurde auf besondere Weise zubereitet. Da gab es den Hallimasch, den man nicht roh essen durfte, weil er Giftstoffe enthielt, die sich erst durch das Erhitzen abbauten. Er war für das Pilzgulasch vorgesehen, daß für den nächsten Tag geplant war. Die großen Schirme des Parasol dagegen wurden wie Schnitzel mit Mehl, Eiern und zerriebenen Brötchen paniert um dann, in Butter gebraten, beim Abendessen serviert zu werden. Die Röhrlinge schließlich, vor allem Maronen- und Steinpilze, von denen man, wie Ambrosius klagend anmerkte, noch viel mehr hätte gebrauchen können, wurden in feine Streifen geschnitten und auf Blechen über dem Ofen getrocknet, so daß man sie monate- oder gar jahrelang aufbewahren konnte.

Wenn er, so wie jetzt, in seine Arbeit vertieft war, vergaß Julius alles andere. Der Küchendienst forderte seine ganze Aufmerksamkeit, und das Gespräch mit Bruder Leo, das ihn unter anderen Umständen noch lange beschäftigt hätte, war bereits wieder aus seinem Bewußtsein entschwunden.

Erst als die Mönche zu Tisch saßen und sich wortlos an den panierten Pilzen gütlich taten, fiel ihm der Nachmittag wieder ein. Bruder Leo schien jeden Blickkontakt mit ihm zu vermeiden, und das allgemeine Schweigen, an das er sich eigentlich längst gewöhnt hatte, erschien ihm plötzlich wieder peinlich und bedrückend. Gerne hätte er gewußt, was in Bruder Leos Kopf gerade vor sich ging, und er begann sich zu fragen, wer von den anderen denn wohl dessen Meinung über den jungen Fremdling teile. Es fiel aber wie üblich kein Wort, das ihm als Anhaltspunkt hätte dienen können, und selbst der Spaßvogel Ambrosius schien heute ernster als sonst dreinzuschauen. Julius war kein Mönch, und das Schweigegebot, das den Brüdern auferlegt war, damit ein jeder mit den Gedanken und Gefühlen bei sich selbst bliebe, löste bei ihm nur den verzweifelten Versuch aus, irgendwelche Hinweise zu erhaschen, die darauf schließen ließen, was in den Anderen vor sich ging. Kaum ein Räuspern, kein Stirnrunzeln oder ein auffälliger Blick entging ihm, und in fieberhaftem Bemühen versuchte er, sich darauf einen Reim zu machen. Doch es war vergebens, und am Ende blieben ihm nur wilde Phantasien über das, was die Brüder wohl über ihn denken mochten.

Am undurchdringlichsten von allen aber war der Abt selber. Dieser legte einen solchen Gleichmut an den Tag, daß sich Julius ernstlich darum zu sorgen begann, ob er überhaupt noch ganz bei Sinnen sei. Ihm schien zum Beispiel völlig einerlei zu sein, was zum Essen aufgetischt wurde, und Julius belustigt sich bei der Vorstellung, daß man ihm auch Disteln und Brennesseln vorsetzen könne, und er diese, ohne mit der Wimper zu zucken, zu sich nehmen würde wie alles andere auch.

Aber es war gerade diese scheinbare Gleichgültigkeit, die in Julius das brennende Verlangen weckte, dem Abt seine Meinung über ihn zu entlocken. Was ein Bruder Leo dachte und sagte, beschäftigte ihn zwar, brachte ihn aber nicht aus dem Gleichgewicht, denn allzu offensichtlich hatte dieser Mönch noch genug mit sich selber zu ringen. Pater Andreas dagegen schien ganz anders zu sein, reifer, abgeklärter, eine natürliche Autorität; einer, der nur dann redete, wenn es unbedingt sein mußte, dann aber, wie in seinen Predigten, so klar und deutlich wurde, daß man noch lange daran zu knabbern hatte. Aber es war wahrscheinlich vermessen zu glauben, daß er sich herabließe, sich mit einem dahergelaufenen Jungen zu unterhalten, und so verwarf Julius diesen Wunsch auch gleich wieder. An diesem Abend ging er früh ins Bett, und er fühlte sich sehr allein.

6.

Der Abt

Manch ein Wunsch geht allerdings gerade dann in Erfüllung, wenn man ihn aufgegeben hat.

Der nächste Tag war ein Sonntag, und das hieß: Kein Unterricht bei Bruder Leo! Julius beschloß, die zusätzliche Freizeit dazu zu benutzen, die Küche gründlich aufzuräumen und zu säubern. Es geschah nicht oft, daß er dort alleine war, und er genoß diese seltenen Stunden, in denen er wirken konnte, ohne sich beobachtet und beurteilt zu fühlen und ohne sich die sicher gutgemeinten, aber nichtsdestoweniger manchmal nervenden Ratschläge und Korrekturen seines Küchenchefs anhören zu müssen.

Gerade machte er sich auf den Weg durch den Garten, um den Komposteimer zu leeren – es war ein wunderschöner spätherbstlicher Nachmittag, und die tiefstehende Sonne tauchte alles in ein warmes, zauberhaftes Licht – als er plötzlich wie erstarrt stehen blieb: Unmittelbar vor ihm, nur wenige Meter entfernt, auf dem umgestürzten Stamm unter dem alten Apfelbaum, saß Abt Andreas! Er hatte die Augen geschlossen, und barhäuptig, mit offenem, wallenden grauen Haar, sah er aus wie einer der biblischen Urväter, ein Relikt aus einer längst vergangenen Zeit, das sich in unsere Welt verirrt hatte; und in der Tat schienen seine reglose Körperhaltung und das friedlich Lächeln um seine Lippen darauf hinzudeuten, daß er weit von der Welt entrückt war.

Julius hielt vor lauter Ehrfurcht unwillkürlich die Luft an und wollte gerade den geräuschlosen Rückzug antreten, jedoch hatte der Abt seine Gegenwart offensichtlich längst bemerkt.

„Komm ruhig her", forderte er ihn auf, ohne die Augen zu öffnen, „setz dich zu mir!"

Zögernd trat Julius näher und nahm ebenfalls auf dem alten Baumstamm platz, den der Pater als Sitzgelegenheit erkoren hatte.

„Was für ein wunderschöner Tag, findest du nicht?" fragte dieser schließlich, nachdem er für Julius Empfinden eine halbe Ewigkeit lang geschwiegen hatte. Der Junge nickte, und im gleichen Augenblick kam ihm das furchtbar dumm vor, denn der Abt hatte immer noch die Augen geschlossen, konnte seine Kopfbewegung also gar nicht wahrnehmen, aber er brachte dennoch kein Wort über die Lippen.

„Du bist nun schon mehr als zwei Monate hier", fuhr Pater Andreas nach einer Weile fort, „und wahrscheinlich wirst du nicht mehr lange bleiben..."

Bei diesen Worten schaute er Julius ins Gesicht, welcher vor lauter Überraschung nur noch ein verdattertes „d...doch!" stammeln konnte. Er wollte eigentlich lauthals protestieren, weil ein solcher Gedanke ihm wirklich fern lag, aber es gelang ihm nicht, ihm fehlten die Worte. Offenbar war er selbst doch nicht so überzeugt davon, daß der Pater Unrecht hatte. Einerseits löste zwar allein der Gedanke, aus dem Kloster zu verschwinden, das blanke Entsetzen bei ihm aus. Andererseits war ihm auch klar, daß er nicht ewig hier bleiben und eines Tages gehen würde, aber das lag in einer fernen, nebulösen Zukunft, mit der er sich nicht befassen wollte, nicht jetzt!

Aber hatte der Abt nicht gerade „schon bald" gesagt?

„Wieso meint Ihr?" hörte er sich plötzlich fragen.

„Nun", antwortete der Pater mit warmer Stimme, „als du hierherkamst, da hattest du große Kulleraugen, wie ein Kind zu Weihnachten. Große, neugierige, erstaunte Kulleraugen. Aber in den letzten Tagen sehe ich bei dir etwas Anderes. Deine Augen sind distanzierter, kritischer geworden. Du fängst an, nachzudenken und zu prüfen, anstatt alles nur in dich aufzusaugen."

„Ja, aber ist das denn nicht normal?" wollte Julius wissen.

„Doch, natürlich", entgegnete der Abt, aber es zeigt, daß du selbständig wirst und dir deine eigene Meinung bildest. Und du wirst sehen, daß dir unsere Mauern bald zu eng werden und unser Leben zu eintönig."

„Ich finde es nicht eintönig", protestierte Julius, „überhaupt nicht eintönig!"

„Das sagst du jetzt", bestätigte der Abt, „denn noch ist das meiste neu und aufregend für dich. Aber es wiederholt sich immer wieder, Tag für Tag, Monat für Monat, Jahr um Jahr." Er strich sich mit der Hand über seinen langen Bart. „Das ist auch so beabsichtigt und für uns Mönche genau das Richtige: Möglichst wenig Ablenkung durch die Dinge der Außenwelt, Einkehr nach innen, zu sich selbst, zu Gott. Aber für dich?" Er schüttelte den Kopf.

„Du bist aus einem anderen Holz geschnitzt. Du gibst dich nicht so schnell mit etwas zufrieden. Und du bist jung!" Er machte eine besänftigende Handbewegung, als er merkte, daß Julius auf dieses Stichwort hin aufbegehren wollte.

„Das ist gar nicht abwertend gemeint. Jung sein heißt, du willst die Welt kennenlernen, Erfahrungen sammeln, dich selber ausprobieren. Es wäre übel, wenn du das nicht tätest. Aus diesem Grund kannst du auch kein Mönch werden, selbst wenn du es wolltest. Die Regel erlaubt das nicht; du bist noch zu jung!" Er lächelte wohlwollend.

Julius verstand. Auch ohne dieses Lächeln hatte er bereits gespürt, daß der Pater ihm wohlgesonnen war und ihn nicht mit seinen Worten unter Druck setzen wollte. Nun war für ihn der Augenblick gekommen, wo er die Frage stellen konnte, die ihm seit seiner Ankunft nicht aus dem Kopf gegangen war: „Pater, wieso habt Ihr mich eigentlich aufgenommen?"

Pater Andreas nickte und schwieg, als müsse er seine Gedanken erst sammeln.

„Willst du es wirklich wissen?" fragte er schließlich zurück.

„Ja, natürlich!" drängte der Junge ungeduldig.

„Nun", antwortete der Abt, seine Worte mit Bedacht wählend, „ich mache so etwas auch nicht gerade oft. Aber als der Kaplan mich anrief und von dir erzählte, da hatte ich das Gefühl, daß irgend etwas nicht stimmt. Und als er dann hier war, und du vor mir standest und ich dich angeschaut habe, da wußte ich, daß mein Gefühl richtig war".

Julius blickte ihn fragend an, er war etwas verwirrt. Was sollte da nicht gestimmt haben?

Der Abt schien seine Frage erraten zu haben und fuhr fort: „Du standest auf der Kippe. Du warst bereit, dein Leben wegzuwerfen."

Julius holte tief Luft, während der Pater weitersprach: „Du wolltest an dem Leben, das man dir angeboten hat, nicht teilnehmen – um keine Macht der Welt! Du wußtest nicht wohin, aber du warst bereit zu gehen, sogar sehr weit zu gehen…koste es, was es wolle."

Beide verharrten in tiefem Schweigen. Julius brauchte einen Moment, um die Tragweite dessen zu erfassen, was der Abt da gerade gesagt hatte. Instinktiv spürte er, daß dies die Wahrheit war, auch wenn er sich selbst bislang noch keine Rechenschaft darüber abgelegt hatte. Versonnen sah er den Mücken zu, die in der Herbstsonne auf und ab tanzten und nicht ahnten, daß dies vielleicht schon ihr letzter Tanz sein würde. Der Winter lag schon auf der Lauer und würde diesen leichtfertigen Lebewesen im Nu das Lebenslicht aus-blasen – und er selbst war genauso leichtfüßig losmarschiert, als wenn es nie einen Winter geben würde. Der alte Pro-fessor hatte die Gefahr erkannt und der Abt ebenso, aber ihm selbst war das völlig einerlei gewesen. Der Winter? Der Tod? Was zählte das schon?

„Ich kann dich gut verstehen", nahm der Pater den Faden wieder auf. „Auch ich wollte als junger Mensch mit dieser Welt nichts mehr zu schaffen haben – ich wollte meine eigene Welt erschaffen!"

Er ließ einen tiefen Seufzer hören. „Ich bin während des Krieges aufgewachsen, und als ich älter wurde, mußte ich feststellen, daß nach dem Krieg noch immer kein Frieden war, daß noch immer Haß, Bosheit und Neid unter den Menschen herrschten…ich wollte nur noch fort. Ich wußte aber auch, daß es eine bessere Welt gibt, und das Ver-sprechen vom Reiche Gottes gab mir wieder Hoffnung.

Weißt du, in all den vielen Jahrhunderten vor uns, wenn die Wogen von Gewalt, Krieg und Zerstörung wieder hoch-schlugen, hat es immer Menschen gegeben, die für eine bessere Welt eintraten. Sie waren meistens in den Klöstern zu finden, wo sie die Weisheit der Altvorderen in großen

Bibliotheken verwahrten und die besten Tugenden der Menschen in ihren Herzen und in ihrer Gemeinschaft pflegten. Und so entschloß ich mich eines Tages, Mönch zu werden und in die Einsiedelei zu gehen." Nachdenklich spielte er mit den Fingern in seinem Bart, während Julius jedes seiner Worte begierig in sich aufsog.

„Das ist nun schon viele Jahre her, und ich bin auch zu alt, um neu anzufangen, aber heute ist vieles anders, und wenn ich jung wäre, wäre mein Weg heute möglicherweise ein anderer!"

Julius wurde neugierig. „Was würdest du denn heute anders machen?" fragte er vertrauensselig.

„Heute ist eine andere Zeit", antwortete der Abt. „Die Menschen werden unruhig. Sie merken, daß etwas nicht stimmt. Sie beginnen, Fragen zu stellen, sie suchen nach der Wahrheit. Die einfachen Erklärungen von früher reichen nicht mehr aus, sie machen niemanden mehr satt. Die Leute fangen an, ihre eigenen Maßstäbe von Menschlichkeit zu entwickeln und zu benutzen. Noch nie zuvor sind mir so viele begegnet, die nach dem Sinn des Lebens fragen. Die Regale in den Buchhandlungen sind voll von mehr oder weniger sinnvollen Ratgebern, und selbst die Filmemacher geben sich nicht mehr mit oberflächlichem Glanz und billigen Effekten zufrieden. Alles gerät in Bewegung. Zwar funktioniert alles noch im wesentlichen: Die Wirtschaft, die medizinische Versorgung, Verkehr, Telefon, Schulen...aber längst nicht mehr überall auf der Welt. Und auch bei uns knirscht es im Gebälk. Dunkle Machenschaften kommen immer öfter ans Tageslicht, es gibt Diskussionen über die Mächtigen, Führungskräfte werden angeklagt, Verantwortliche zur Rechenschaft gezogen...und immer mehr Jugendliche wie du verweigern sich, wollen nicht mehr mitspielen in einem Spiel, das nur Verlierer kennt. Es bröckelt überall, und alte Traditionen werden in Frage gestellt. Was jahrhundertelang als Wahrheit verkündet wurde, entpuppt sich plötzlich als Lüge. Und wenn es heute noch irgendwo Krieg gibt, dann weiß man gar nicht mehr, wer die Guten sind und wer die Bösen."

Er holte tief Luft, als müsse er sich gewaltsam von diesen Bildern losreißen.

„Damals bin ich in die Einsiedelei gegangen, weil ich der Überzeugung war, daß das Reich Gottes einzig in unserem eigenen Herzen entstehen kann. Aber dort, in Griechenland, habe ich auch viele gesehen – und es war für mich wie ein Spiegel, in dem ich mich selber wiederfand – die in die Einsamkeit geflohen sind, um sich dort eine kleine heile Welt zu sichern. So wie heute viele in deinem Alter Drogen nehmen und sich damit in ihre kleine Welt zurückziehen.

Also habe ich dieses Kloster gegründet und versucht, es zu öffnen. Wir haben das Altenheim, wir gehen hinaus in die Welt um zu helfen, aber dennoch: Auch die Tage dieses Klosters sind gezählt!"

Julius blickte ihn entsetzt an: „Das Kloster? Aber wieso?"

„Es ist nicht mehr zeitgemäß", antwortete der Abt, „die Zeiten, wo sich Menschen aus der Welt zurückziehen, um die wahren Werte der Menschheit zu erhalten, sind vorbei."

Er nickte, als ob er seine eigenen Worte bestätigen wollte.

„Ich bin zu alt. Ich werde mit diesem Kloster vergehen. Aber wenn ich noch einmal jung wäre, ich würde mich mit Freuden in diese Welt hineinstürzen und den Menschen sagen: Seht ihr? An dieses kranke Zeug haben wie lange geglaubt. Nun laßt uns aufräumen und etwas Neues bauen. Was brauchen wir? Neue Schulen für unsere Kinder, in denen sie wachsen können, statt eingeschüchtert zu werden.

Neue Krankenhäuser, wo nicht teure Apparate, sondern liebevolle Menschen das Maß aller Dinge sind. Neue Altenheime, wo die Alten in Würde und Respekt leben und sterben können. Neue Tempel, wo wir uns versammeln, singen, tanzen und feiern können. Neue Gärten für unsere Pflanzen, für unsere Tiere...."

„So wie hier im Kloster?" fragte Julius spontan.

„Ja, genauso. Aber für alle Menschen, nicht nur für eine handvoll Mönche. Das hier ist nicht das wahre Leben. Viele von uns sind Flüchtlinge, haben Zuflucht gesucht und gefunden, aber sie haben einen hohen Preis bezahlt. Hoffentlich nicht zu hoch!"

Julius nickte. Diese Gedanken verstand er, denn er hatte sich diese Frage auch schon gestellt. Wirklich glücklich schien ihm keiner der Mönche zu sein.

„Ich weiß nicht einmal, ob es überhaupt irgendwo glückliche Menschen gibt" platzte er unvermittelt heraus.

„Ich weiß es auch nicht", erwiderte der Pater, während es in seinen Augen blitzte, „aber die Chancen dazu stehen, glaube ich, besser denn je – und du wirst es herausfinden!"

„Pater", stammelte Julius nun aufgeregt und verlegen zugleich, „glaubst du an Gott?"

„Ich glaube an die Menschen", antwortete Pater Andreas ohne zu zögern, „und in jedem Menschen sehe ich eine andere Facette von Gott – mehr kann ich dir dazu nicht sagen."

„Aber du betest doch?" bohrte Julius weiter.

„Jetzt hast du mich erwischt!" lachte der Abt. „Ja, in der Messe bete ich so, wie die Leute es von mir erwarten. Suum quique – jedem das Seine! Aber wenn ich wirklich bete –

und das wirkliche Gebet ist ganz, ganz still – dann gibt es keine Worte mehr. Nur noch Dankbarkeit, unendliche Dankbarkeit!"

Julius schwieg betroffen. Auch wenn er vielleicht nicht alles begriffen hatte, so konnte er doch sehen, daß dem Pater die Tränen in den Augen standen. Sie blieben noch eine Weile sitzen, aber es war klar, daß jedes weitere Wort ein Wort zuviel gewesen wäre. Schließlich gab sich Julius einen Ruck, nahm den Komposteimer und setzte seinen Weg fort. „Das Leben geht weiter und die Arbeit ruft" murmelte er, und als er vom Komposthaufen zurückkehrte, war der alte Abt verschwunden.

Der erste Schnee war gefallen, und es wurde kalt. Darüber hinaus mußte Julius feststellen, daß es schon sehr früh dunkel wurde. Damit hatte die Arbeit im Garten ein Ende, und auch die Streifzüge durch die Wälder der Umgebung hörten auf. Nachdenklich betrachtete er seine schwieligen und rissigen Hände, die noch vor wenigen Wochen beim Umgraben Spaten und Gabel geschwungen hatten. Das Kloster hatte von einem Reiterhof aus der Nachbarschaft eine große Fuhre Pferdemist erhalten, welcher nun auf die Beete verteilt und eingearbeitet wurde. Zwar sah der Garten anschließend eher aus wie ein Schlachtfeld, aber Bruder Ambrosius war zufrieden: „Den Rest erledigen der Frost – und die Regenwürmer", erläuterte er zuversichtlich.

Von der einstigen grünen Pracht war nur noch der Porree übriggeblieben, der in langen Reihen stand und entschlossen zu sein schien, aller winterlichen Unbill zu trotzen, komme was da wolle. Zu seinem Schutz hatten sie die Erde um die Schäfte angehäufelt und zudem eine dicke Schicht Laub aufgebracht. Die Möhren waren in Sandkisten eingekellert, und die Zichorienwurzeln ruhten in Torfmull, um zu gegebener Zeit zum Austrieb ins Warme gestellt zu werden.

Den Mönchen schien die beginnende Zeit der langen Abende ein willkommener Anlaß zu sein, sich zum Gebet in die Kapelle oder zum Studium in der kleinen Bibliothek einzufinden.

Julius hingegen wußte mit der ihm so unverhofft geschenkten Zeit gar nichts rechtes anzufangen, und während das Klosterleben um ihn herum von Tag zu Tag stiller und beschaulicher wurde, regte sich in ihm zusehends die Unruhe, und das gelegentliche Holzhacken, das ihm als einzige körperliche Betätigung verblieben war, konnte seinen Tatendrang bei weitem nicht befriedigen. Immer häufiger ertappte er sich dabei, daß er sich langweilte. Während der Messe, die ihre einstige Faszination für ihn verloren hatte, beachtete er kaum noch das Geschehen am Altar, sondern studierte umso eingehender die Gesichter der von außerhalb angereisten Kirchenbesucher, welche ihm gegenüber den altbekannten Gesichtern der Mönche eine willkommene Abwechslung bescherten.

7.

Judith

Eines Tages sah er die Frau. Es war der erste Advent, und die kleine Kapelle war voller als an den anderen Sonntagen. Julius befand sich gerade auf dem Weg zu seinem Stammplatz, der ihm einen guten Überblick über das ganze Kirchenschiff ermöglichte, als plötzlich diese Frau vor ihm stand.

Auge in Auge standen sie sich gegenüber, und Julius war es, als träfe ihn der Schlag: Diese Augen kannte er! Diese abgründige Tiefe, in die er sich augenblicklich blindlings hätte hineinstürzen könne, das war Sie, die Frau seiner Träume! Es störte ihn keineswegs, daß diese Kirchenbesucherin in ihrer äußeren Erscheinung kaum Ähnlichkeit mit seiner Traumfrau aufwies – sie war eher klein und gedrungen, hatte kurze, dunkelblonde Haare und recht schmale Lippen – Julius hatte dafür keinen Blick. Für ihn zählten einzig und allein die Augen, und in der Tat währte diese Begegnung nicht länger als einen Augenblick. Die Frau lächelte den fassungslosen Jungen kurz an und ging dann an ihm vorbei, um mit ihrer Tochter, die sie an der Hand hielt, einen Platz in den vorderen Bankreihen zu suchen.

Die nun folgende, quälend lange Stunde erschien Julius wie eine Ewigkeit. Er mußte zu dieser Frau, das war ihm mit instinktiver Sicherheit klar. Er hatte sie nie zuvor gesehen; demnach schien sie nicht zu den regelmäßigen Kirchgängern zu gehören, und die Wahrscheinlichkeit, sie anschließend für immer aus den Augen zu verlieren, schien ihm recht hoch zu sein. Also mußte er handeln, und so begann er Pläne zu schmieden. Was er sich jedoch auch immer an möglichen Szenarien vorzustellen versuchte, es wurde alles wieder als unpassend und unrealistisch verworfen. Andererseits aber hatten seine Grübeleien auch ihr Gutes, denn je weiter er es damit trieb, desto mehr schien er seinen Verstand und seine Urteilskraft zu verlieren, und umso kräftiger und fordernder wurden sein Instinkt und sein Wollen.

Als er sah, daß sie an der Heiligen Kommunion nicht teilnahm, wurde sein Verdacht bestätigt, daß sie der orthodoxen Kirche nicht angehörte, sich nur an diesen Ort verirrt hatte und daß das sicher kein zweites Mal passieren würde. Wie von einer unsichtbaren Hand gelenkt, stahl er sich nun aus der Kapelle und schlich ungesehen aus dem Kloster, um draußen auf dem Besucherparkplatz auf sie zu warten.

Es dauerte allerdings noch geraume Zeit, bis die Messe zu Ende war und in dem Strom der zahlreichen Besucher, die das Klostergelände verließen, schließlich auch Mutter und Tochter erschienen. Julius war nun wie verwandelt. Abgeklärt und selbstbewußt wie ein alter Hase schlenderte er auf die Frau zu, als sie gerade die Türe ihres kleinen Wagens öffnete: „Entschuldigung", sagte er, „können Sie mich vielleicht ein Stück mit dem Auto mitnehmen?"

„Natürlich", entgegnete sie, während sie das Mädchen im Kindersitz auf der Rückbank anschnallte, „wo möchtest du denn hin?" Dieses unerwartete „Du" gab Julius einen kurzen Stich. Da es noch keinen Anlaß für Vertraulichkeiten gab, konnte das nur bedeuten, daß sie ihn noch für ein Kind und nicht für ihresgleichen hielt. Zudem war er auf diese Frage auch nicht vorbereitet; was hätte er denn auch antworten sollen? Und so fragte er kurzentschlossen zurück: „Wohin fahren Sie denn?"

„Nach B." antwortete sie.

„Prima, das ist genau meine Richtung" log er frech, und ohne auf eine Aufforderung zu warten, öffnete er die Beifahrertür und stieg ein.

Während die Frau sich noch am Zündschloß zu schaffen machte um den Wagen zu starten, meldete sich plötzlich die Kleine von hinten: „Wie heißt du?"

„Julius", antwortete der Junge, während er sich umdrehte.

Es dauerte einen Moment, bis auch die Frau den Kopf wendete und ihre Tochter aufforderte: „Nun mußt du aber auch sagen, wie du heißt!" Das Mädchen schüttelte jedoch nur den Kopf und schwieg.

„Na gut", sagte die Frau nun zu Julius gewandt, „das ist die Johanna, und ich heiße Judith". Julius wollte daraufhin noch einmal sagen „und ich Julius", konnte sich aber gerade noch bremsen und spürte nur, wie ihm Gesicht und Ohren plötzlich glühend heiß wurden. Die Frau schien das glücklicherweise nicht bemerkt zu haben, da sie in den Rückspiegel geschaut hatte, um den Wagen aus der Parklücke zu manövrieren. Recht forsch, wie Julius fand, steuerte sie den kleinen Wagen aus der Einfahrt hinaus auf die Straße.

„Was treibst du denn hier oben im Kloster?" fragte sie plötzlich unvermittelt.

„Ich..." Julius zögerte. ‚Ich wohne hier' hätte er um ein Haar gesagt, besann sich aber doch eines Besseren: „ich bin hier zu Besuch".

„Ach", antwortete Judith vielsagend, fragte aber nicht weiter, sondern begann ihrerseits zu erzählen: „In der Adventszeit fahren Johanna und ich gerne hier hoch. Schon als sie klein war, hat sie die heilige Messe geliebt, sie ist dann immer ganz still geworden und hat große Augen bekommen. Es herrscht aber auch eine ganz besondere Atmosphäre hier oben".

„Das stimmt", bestätigte Julius und biß sich sofort wieder auf die Zunge. „Das war wirklich die blödeste Antwort, die du geben konntest", ärgerte er sich insgeheim, „sag wenigstens jetzt etwas Gescheites!" Aber seine Zunge schien wie gelähmt zu sein.

„Besonders gesprächig bist du ja nicht gerade", bemerkte Judith nun belustigt, „bist wohl schon ein richtiges kleines Mönchlein geworden bei deinem Besuch da oben?"

Julius mußte lachen. Ihm gefiel die Art dieser Frau, die alles mit Humor zu nehmen schien. Nun mischte sich auch Johanna wieder ein: „Wie alt bist du?" fragte sie von hinten.

„Ich werde achtzehn", antwortete Julius.

„Achtzehn, ist das viel, Mama?" wollte die Kleine nun von ihrer Mutter wissen und löste damit einen weiteren Heiterkeitsausbruch aus.

„Das ist schon eine Menge", bestätigt Judith, „da muß man eigentlich schon ‚Sie' sagen!"

„Ich bin vier, das ist auch schon eine Menge" fügte die Kleine ein wenig altklug hinzu.

„Ich werde aber jetzt nicht verraten, wie alt ich bin", stellte Judith klar, „in meinem Alter redet man nicht mehr über so etwas!"

„Wenn sie so etwas sagt", dachte Julius, „dann ist sie sicher älter als sie aussieht", und ordnete sie insgeheim in die Kategorie „etwas über dreißig" ein. Gleichzeitig verspürte er den unbändigen Wunsch, sie zu küssen. Er wurde jedoch jäh aus seinen Träumereien herausgerissen, als sie ihn fragte: „Da vorne ist B., wo soll ich dich denn absetzen?"

„Absetzen?" entgegnete Julius verstört, „ach so, also, ich weiß gar nicht.."

„Was denn", rief Judith in gespieltem Entsetzen, „du weißt gar nicht, wo du hinwillst?"

Doch während Julius noch fieberhaft um eine Antwort rang, war es Johanna, welche die Situation rettete: „Komm doch mit zu uns", forderte sie ihn unverblümt auf.

„Das würde ich gerne machen!" antwortete Julius spontan, und nun war die Reihe an Judith, sprachlos zu sein.

„Na so etwas", meinte sie schließlich, „hat man da noch Töne. Unser Mönchlein lädt sich selber ein!"

„Nein", stellte Johanna nun richtig, „ich habe ihn doch eingeladen".

„Natürlich, da hast du recht", räumte Judith nun ein, „aber du, Julius, bist doch nicht in mein Auto gestiegen, um mit zu uns zu kommen?"

„Doch", entgegnete der Junge kurz und knapp, und erklärte nun: „Ich wollte euch kennen lernen, genauer gesagt, ich wollte dich kennen lernen!"

Er war selbst erstaunt über seine Verwegenheit, aber nun war es heraus, und es war ihm, als ob nun Judith ihrerseits errötete. Zumindest schaute sie mit einem Mal sehr angestrengt auf die Straße, als müsse sie überlegen, ob sie dem ganzen Spiel nicht besser auf der Stelle ein Ende machen solle. Johanna schien das zu erraten, denn nun plauderte sie unverdrossen los: „Wir haben gerne Besuch. Wir haben auch ein Gästebett und ein Gästeklo. Und ich habe eine Katze, die heißt Feli. Und mein Fahrrad ist kaputt. Mama sagt, das muß mal ein Mann machen. Bist du ein Mann?"

Prustendes Gelächter war die Folge, vor allem als Julius zur Antwort gab „das kommt darauf an, was daran kaputt ist!"

„Das kann ja lustig werden", meinte Judith schließlich und wischte sich die Augen, während sie mit dem Wagen in einen schmalen Waldweg einbog.

Julius lächelte triumphierend. In seinem Bauch schienen nun mindestens ein Dutzend kleiner Kobolde zu rumoren, und er konnte sich nicht erinnern, jemals so etwas gefühlt zu haben.

„Julius an Pater Andreas" murmelte er in Gedanken, „mache Meldung: Es gibt einen glücklichen Menschen!"

Es stellte sich nun heraus, daß die beiden ein recht kleines Dachgeschoß auf einem Bauernhof bewohnten, das eigentlich nur aus zwei Räumen bestand: Einem großen Wohnraum mit integrierter Kochecke und einem weiteren, der ihnen als Schlafzimmer diente. Johanna hatte kein eigenes Zimmer, wie Julius blitzschnell registrierte, und er war ein wenig enttäuscht, weil er sich ausmalte, daß ein intimes Zusammensein mit Judith, an dessen Zustandekommen er nicht mehr zweifelte, unter diesen Umständen recht schwierig zu bewerkstelligen sein würde. So stand er zunächst ein wenig verloren herum, beeilte sich aber, als er merkte, daß Judith sich in der Küche zu schaffen machte um das Mittagessen zuzubereiten, seine Hilfe anzubieten. Ganz und gar Gentleman, als habe er nie etwas anderes getan, verstand er es, ihr aufmerksam und zuvorkommend Beistand zu leisten, und als sie bemerkte, daß er durchaus einiges vom Küchenhandwerk verstand, ließ sie es bereitwillig geschehen. Schließlich hatte Julius sie so weit in den Hintergrund gedrängt, daß sie freiwillig den Kochlöffel abgab, das Feld räumte und sich mit der Bemerkung „daß ich das noch erleben darf!" auf ihr Sofa fallen ließ, von wo aus sie mit sichtlichem Vergnügen Julius bei der Arbeit zuschaute.

Nun war Julius in seinem Element, und er legte sich mit aller Macht ins Zeug, denn nun war er im Begriff, sich einen festen Platz in diesem kleinen Haushalt zu erobern. Er wirbelte mit Töpfen, Pfannen und Schüsseln nur so herum, und wenn er auch noch oft fragen mußte, wo denn dieses oder jenes zu finden sei, so fühlte er sich doch schon recht heimisch. Einzig das Messer, das Bruder Ambrosius ihm vermacht hatte, vermißte er schmerzlich, zumal es hier kein adäquates Pendant gab. Zwar existierten Messer in allen Formen und Größen, machten aber, wie Julius fand, einen recht verwahrlosten Eindruck, waren stumpf oder schartig, was ihn schließlich zu der vielleicht etwas voreiligen Schlußfolgerung veranlaßte, daß Frauen eben doch nicht richtig kochen können.

Obgleich es nur Bratkartoffeln und Spiegeleier sowie einen kleinen Salat gab, hatte Julius alle seine Kochkünste aufgewendet, um es wie ein Festmahl aussehen zu lassen, was ihm dann auch anerkennende Bemerkungen von Judith einbrachte. Sogar eine Soße hatte er noch hingezaubert, wenngleich er sich entschuldigte, daß ihm die eine oder andere benötigte Zutat gefehlt habe, und seine Kartoffeln waren mit einer Sorgfalt gebraten, die man sonst höchstens für ein Steak aufzuwenden pflegt.

Nun saßen sie also vereint um den Eßtisch, und Julius war stolz, denn ohne ihn hätte es diese Mahlzeit nicht gegeben – irgendein Essen vielleicht, aber nicht dieses, und er wußte seine Leistung durchaus einzuschätzen. Vor allem aber war er froh, daß er der peinlichen Rolle als Bittsteller entschlüpft war; zumindest das Recht, mit am Tisch zu sitzen, hatte er sich redlich erarbeitet.

Nach dem Essen – es verstand sich für Julius von selbst, daß er den Abwasch und das Aufräumen der Küche ebenfalls allein erledigte – entschuldigte sich Judith, die von Beruf Lehrerin war, weil sie noch Klassenarbeiten korrigieren wollte.

So willigte Julius ein, sich von Johanna den Hof und die nähere Umgebung zeigen zu lassen. Das kleine Mädchen war sehr redselig. Er erfuhr, daß sie einen Papa hatte, der aber bei seiner Freundin wohnte, wo sie ihn hin und wieder am Wochenende besuchen durfte. Das schien für sie völlig in Ordnung so zu sein, und Julius spürte einen kleinen Stich in seinem Herzen, denn er selbst hatte nie die Möglichkeit gehabt, seinen Vater zu besuchen, nachdem dieser die Familie Hals über Kopf verlassen hatte.

Johanna aber plauderte munter weiter. Als nächstes durfte er ihre Zwergkaninchen bewundern. Auch der Bauer Schulte besaß, wie sie zu berichten wußte, Kaninchen, aber in ganz kleinen Käfigen, und daß er sie totmachte und aufäße, was sie mit ihren Tieren niemals machen würde. Sie würde auch keine Wurst mehr essen, weil man ihr gesagt hatte, daß dafür auch Tiere totgemacht würden, und kein Fleisch, außer Hähnchen. Das seien aber auch keine richtigen Tiere, weil sie kein Fell hätten und nicht vier Beine. Julius konnte dieser Erklärung nur verblüfft zustimmen, und es hätte sicher auch wenig Zweck gehabt, sie eines anderen belehren zu wollen.

Inzwischen waren sie in einem großen Obstgarten angelangt, der Julius mit seinen alten Hochstämmen sehr an den Klostergarten erinnerte. Besonders ein alter Walnußbaum, der von innen schon so vermodert war, daß sein Stamm eine regelrechte Höhle bildete, fesselte seine Aufmerksamkeit. Er wollte gerade darauf zugehen, als Johanna seine Hand griff und ihn zurückhielt: „Hier mußt du ganz leise sein", flüsterte sie, „hier wohnen die Kleinen!"

„Die Kleinen?" fragte Julius verwundert.

„Ja, kennst du die denn nicht?" Johanna war sehr erstaunt. „Sie schlafen jetzt, weil Winter ist. Deshalb kannst du sie nicht sehen. Aber im Sommer spielen sie immer in dem Baum, und ich gucke ihnen zu".

„Ach ja", sagte Julius gedehnt, denn er wollte das Mädchen nicht mit unbedachten skeptischen Äußerungen enttäuschen. Er mußte sich im Übrigen eingestehen, daß die Vorstellung, es könnten hier irgendwelche Zwerge hausen, gar nicht so abwegig war. Zumindest könnte er sich selbst, wenn er solch ein Wesen wäre, kaum einen besseren Platz vorstellen.

„Sind die Kleinen denn nur hier, oder auch noch woanders?" wollte er nun von ihr wissen.

„Die kleinen Leute sind überall", antwortete sie, als sei es das selbstverständlichste von der Welt, „du wirst das schon sehen, wenn es wieder wärmer wird. Es gibt Blumenkinder, die sind ganz schön und können fliegen, und in den Bäumen sitzen die Baummänner, die haben ganz komische Gesichter. Bei uns in der Wohnung gibt es auch einen kleinen Mann, aber der kommt nur nachts, weil am Tag können wir ja selber aufpassen. Und im Auto ist einer, der ist Mechaniker. Und im Holzschuppen sind ganz viele. Aber das darfst du niemand sagen, sie haben vor den meisten Menschen Angst."

Jetzt wurde Julius neugierig: „In dem Traktor vom Bauern, ist da auch einer?"

„Ich habe noch keinen gesehen", antwortete Johanna ernst, vielleicht ist da gar keiner. Der Trecker ist ja auch dauernd kaputt, und der Bauer Schulte flucht immer mit ihm."

„Und das haben die Kleinen bestimmt nicht gerne", schlußfolgerte Julius.

„Genau, sie haben Angst wenn einer immer schimpft und schreit, und Bäume kaputtmacht", bestätigte das Mädchen. Während sie miteinander sprachen, war ein Rotkehlchen herbeigeflogen und schaute ihnen nur einen knappen Meter entfernt interessiert zu.

„Hallo Fiete", rief Johanna zärtlich, „ich habe leider nichts für dich, du Armer!"

„Du kennst ihn?" fragt Julius erstaunt.

„Nein", aber er hat mir gerade gesagt daß er Fiete heißt und gefragt, ob wir was zu essen für ihn haben", gab sie ihn zu verstehen, und Julius hatte plötzlich das Gefühl, daß er für ihn wohl noch einiges zu lernen gab.

„Sprechen alle Tiere mit dir?" wollte er wissen.

„Nicht alle", antwortete sie, „der Hund von Pannenbeckers redet mit gar niemand. Er ist viel zu eingebildet, er meint, daß er was Besseres ist. Und der Hund von Bauer Schulte ist dumm. Er sagt immer nur, ihm tut der Rücken weh und er hat Hunger. Genau wie Bauer Schulte. – Hast du denn noch nie mit einem Hund gesprochen?"

Julius zuckte mit den Achseln. „Ich habe neulich einen Hund kennengelernt, der hieß Herkules. Aber gesprochen hat er nicht mit mir."

„War er denn lieb?" wollte Johanna wissen.

„Total lieb", antwortete Julius, dessen Augen mit einem Mal feucht wurden.

„Dann hat er auch gesprochen", versicherte ihm die Kleine und fuhr dann fort: „Dann haben die ja recht gehabt. Die haben gesagt, es kommt bald ein Junge zu uns, der kann nicht alles hören, aber ich darf ihm ruhig alles erzählen."

Julius schaute sie mit großen Augen an. „Wer hat dir das gesagt? Die kleinen Leute?"

„Die Kleinen doch nicht!", entgegnete Johanna voller Empörung, „woher sollen denn die so was wissen. Nein, die Großen haben das gesagt!"

„Ach so, die Großen" bestätigte Julius mit einem Anflug von Resignation, „und wer, bitte, sind die Großen?"

„Na die Großen eben", erklärte sie ungeduldig, „aber kennst du die auch nicht? Du hast doch auch welche? Du bist schon bald wie die Mama, die lacht immer nur und sagt ‚ach, mein Schätzchen'."

„Aber ich lache gar nicht", verteidigte sich Julius, „ich will ja nur wissen, ob ich dich richtig verstanden habe!"

„Die Großen sind immer bei mir", erläuterte das Mädchen nun, „sie sagen mir Sachen, die ich noch nicht weiß oder wieder vergessen habe, zum Beispiel, daß du kommst, haben sie auch gesagt, damit die Mama wieder lacht. Und daß du gut bist und ich dir alles erzählen darf, was ich anderen nicht sagen soll, aber daß du nicht alles verstehst, weil du viel vergessen hast und nicht mehr gut hören kannst und sehen, und du es erst wieder lernen mußt".

Julius schluckte. Es war für ihn nicht mehr die Frage, ob das Kind recht hatte oder nicht. Es redete mit solchem Ernst und solcher Sicherheit, daß es ihm regelrecht die Sprache verschlug. Offensichtlich gab es hier einen Bereich, in dem Johanna ihm haushoch überlegen war, und sie schien wie selbstverständlich aus Quellen zu schöpfen, die ihm verschlossen waren. Mochten auch ihre Aussagen nach landläufiger Auffassung irrational sein, für sie selbst war es Realität, was sie hörte und sah, und damit besaß sie einen inneren Reichtum, auf den Julius, der sich eigentlich für

149

intelligent und sensibel hielt, nur neidisch sein konnte. Es gab keinen Zweifel, daß dieses Kind etwas hatte, das ihm selbst zu seinem großen Bedauern fehlte. Die Kehrseite kannte er ja zu genüge: Wie oft hatte er selber in der Vergangenheit vor einem Erwachsenen gestanden und sich gefragt, wie man nur so ignorant, so blind und taub sein könnte – und nun stand dieses Kind vor ihm und führte ihm vor, daß er offensichtlich ebenfalls die einfachsten Dinge nicht begriff.

Schmerzhaft war diese Einsicht, und der Schmerz wurde noch stärker, als er sich an seine kleine Schwester erinnerte. Immer wieder hatte er ihr Gebrabbel als Kindergeschwätz abgetan, dem er sich längst entwachsen fühlte, und das er daher auch nicht der Mühe wert fand, sich anzuhören. Ob sie vielleicht auch solche Wahrnehmungen hatte wie Johanna? Er konnte diese Frage nicht beantworten, er wußte es einfach nicht. „Julius", sagte er sich nun, „du bist eigentlich ein arrogantes A...loch, keinen Deut besser als die Lehrer, die du so sehr verachtest!"

Die Kälte trieb sie beide bald wieder in die Wohnung zurück, und Johanna, die soeben noch ihrem neuen Gast eine Lektion erteilt hatte, war im nächsten Augenblick wieder das kleine Kind, das darum bat, er möge ihr doch etwas vorlesen. Julius kam der Aufforderung gerne nach, mußte sich aber auch hier wieder beschämt eingestehen, daß er seiner kleinen Schwester gegenüber solche Forderungen in der Regel abschlägig beschieden hatte. Doch hatte sich seither einiges geändert; er hatte unter anderem selber erfahren, wie gut es tut, Fürsorge und Schutz zu erhalten und von jemand anderem unter die Fittiche genommen zu werden, wie es bei den Mönchen der Fall gewesen war. Von dieser Zuwendung war er noch so angefüllt, daß es ihm geradezu ein Bedürfnis war, diese auch anderen angedeihen zu lassen und das, was ihm so unverhofft geschenkt worden war, weiterzureichen.

Den ganzen Nachmittag belegte Johanna ihn mit Beschlag. Es wurde Abend, und als die Kleine schließlich im Bett verschwunden war, bestand Judith darauf, sich noch einen Krimi im Fernsehen anzuschauen – zum Entspannen, wie sie betonte.

Julius war darüber schon ein wenig befremdet, denn das schien ihm nun doch allzu alltäglich. Immerhin war er auch noch da und hätte sich gerne mehr Beachtung erwünscht. Es war ihm schon aufgefallen, daß Judith keine weiteren Fragen gestellt hatte, zum Beispiel wie er sich den weiteren Verlauf vorstelle, wie lange er bleiben wolle, ob er kein Gepäck habe, wo er denn eigentlich herkomme und dergleichen mehr – Fragen, die sich doch eigentlich aufdrängten. Es schien ihm, als wolle sie eine Entscheidung, die sie früher oder später würde treffen müssen, noch eine Weile aufschieben.

Nun, bei den Mönchen hatte er gelernt, sich in Geduld zu üben, also machte er jetzt von dieser Tugend Gebrauch, auch wenn er glaubte, sein Herz müsse zerspringen, als er sich nach dem Fernsehabend auf dem Sofa – denn nichts anderes war das sogenannte ‚Gästebett' – zur Nacht betten mußte und Judith sich zu Johanna ins gemeinsame Schlafzimmer zurückzog. Lange noch lag er wach und fragte sich, ob er denn nun am Ziel seiner Wünsche angelangt sei, oder sich letztendlich doch nur wieder einer Illusion, einer Täuschung hingegeben habe, die dann doch nur ein bitteres Erwachen nach sich ziehen würde.

Bereits am anderen Morgen schmolzen jedoch seine Bedenken bereits wieder wie Schnee an der Sonne, als Judith ihn mit den Worten „Hallo Mönchlein, aufwachen, wir frühstücken jetzt!" weckte und ihm dabei sanft mit der Hand über die Haare strich. Doch nicht so sehr die Berührung war es, die ihm durch Mark und Bein ging, es war vielmehr wieder dieser Blick, mit dem sie ihm in die Augen schaute und in dem er sich sofort wieder gänzlich verlor.

„Sie liebt mich!" schoß es ihm durch den Kopf, „kein Zweifel, sie liebt mich! Deshalb ist sie so zurückhaltend gewesen, weil sie nicht weiß, ob sie das zeigen soll, aber ich sehe es!" Und wieder breitete sich die Glückseligkeit wie eine Woge in seinem Körper aus.

Diese wiedergewonnene Zuversicht machte gleich einen anderen Menschen aus ihm. Er gab sich während des Frühstücks gewandt und charmant, so wie am Vortag, als er in ihr Auto gestiegen war, und seine Fröhlichkeit wirkte auf Mutter und Tochter gleichermaßen ansteckend. Selbst der Abschied - Johanna mußte in den Kindergarten gebracht werden, und Judith fuhr von dort direkt zur Schule - ging unkompliziert und leicht vonstatten, als hätten sie es schon hunderte Male vorher praktiziert.

Julius war nun allein in der Wohnung. Er schlich unruhig und erregt auf und ab, griff ziellos nach irgendwelchen Büchern, um sie sogleich wieder ins Regal zurück zu stellen, und betrachtete eingehend die verschiedenen Fotos an der Wand, insbesondere das des Mannes, der wohl Johannas Vater sein mußte, und den er in einer plötzlichen Anwandlung ,das Schwein' nannte. Es war ihm dabei selber nicht klar, ob dieser Anflug von Antipathie ein normaler Instinkt gegenüber einem männlichen Rivalen war, der zwar aus dem Felde geschlagen war, aber noch überall seine Duftmarken hinterlassen hatte, oder ob es der Groll gegen eine bestimmte

Spezies von Vätern war, denen man nicht trauen durfte, weil sie einen unversehens im Stich ließen. Vielleicht war es tatsächlich beides, was sich bei ihm zu einem unentwirrbaren Knäuel von Gefühlen verstrickte. Geraume Zeit konnte er sich nicht von diesen Gedanken lösen. Es gelang ihm erst, als er den Fernseher einschaltete und sich mit Musikvideos ablenken konnte.

Es war um die Mittagszeit, als Judith wieder nach Hause kam. Julius, der mit ihr so früh nicht gerechnet hatte, war völlig überrascht, worauf sie ihm erklärte, daß sie montags immer sehr zeitig Schluß habe. Sie warf ihre Tasche in die Ecke, entledigte sich mit gekonntem Kick ihrer Schuhe und ließ sich neben Julius aufs Sofa fallen. Da saßen sie nun nebeneinander vor dem Fernseher, wagten nicht, einander anzusehen und schwiegen, bis schließlich Julius, dem es nicht entgangen war, daß sie sich näher zu ihm gesetzt hatte, als es eigentlich vom Platzangebot her nötig gewesen wäre, in einem Anflug von Verwegenheit seinen Arm um ihre Schultern legte.

„Ach Julius!" seufzte sie, schaute ihn an und berührte mit der Hand sein Knie.

Das versetzte ihn so in Erregung, daß es nun kein Halten mehr für ihn gab. Ungestüm warf er sich auf sie und preßte mit allem jugendlichem Überschwang, der ihm zur Verfügung stand, seinen Mund auf ihre Lippen. Sie wehrte sich nicht, hielt ihn nur ein wenig zurück und lächelte ihn an: „Mönchlein, Mönchlein, nicht so stürmisch!"

Daraufhin nahm sie seinen Kopf zwischen ihre Hände, führte ihn behutsam zu sich und begann ihn zu küssen. Immer, wenn er drängte, schob sie ihn wieder ein wenig zurück, um ihn gleich wieder sanft und verführerisch zu locken, und nach und nach verstand er und ließ sich auf das

Spiel ein. Sie ließ seinen Kopf los und begann mit ihren Händen seinen Körper zu erforschen, und Julius begriff schnell, daß er besser daran tat, ihr die Initiative zu überlassen und selber nur gerade das zu tun, wozu er sich aufgefordert fühlte. Er hörte auf, über irgend etwas nachzudenken, und ließ sich ganz von seinen Gefühlen leiten. Er registrierte nur beiläufig, wie Judith ihn an der Hand nahm und ihn mit ins Schlafzimmer zog, wo sie beide sich der ohnehin schon weitgehend aufgelösten Kleidungsstücke entledigten und im Bett versanken.

Julius wußte nicht mehr, was er tat. Zwar hatte er dergleichen Szenen schon in unzähligen Filmen gesehen und in ebenso vielen Phantasien selbst vollzogen, aber das war jetzt alles völlig in den Hintergrund verschwunden. Eine ihm unbekannte Macht hatte von ihm Besitz ergriffen und leitete seine Handlungen, von Judith mit sanfter, unmerklicher Führung hierhin und dorthin dirigiert, bis er schließlich in einer gewaltigen Erschütterung in ihrem Schoß explodierte.

Es war vorbei. Zitternd und bebend öffnete Julius die Augen und sah Judith ins Gesicht.

„Alles in Ordnung", beruhigte sie ihn und streichelte sein Haar.

Seufzend ließ er sich auf die Seite fallen. Er war nicht imstande, seine Hände zu gebrauchen, sie gehorchten ihm nicht mehr, und erst nach und nach und unter ihren ständigen Liebkosungen gewann er wieder die Kontrolle über seinen Körper. Lange lagen sie schweigend nebeneinander, bis Judith ihn fragte: „Hast du das schon oft gemacht?"

„Noch nicht so oft", antwortete er ausweichend, „warum fragst du?"

„Na ja, man merkt das schon, irgendwie", erwiderte sie fast flüsternd, und ihre Stimme klang so sanft und zärtlich, daß es ihm nicht in den Sinn gekommen wäre, in dieser Bemerkung auch nur im entferntesten eine Kritik zu sehen. Er war noch so überwältigt und gebannt von seinem eigenen Erleben, daß er gar nicht anders konnte als davon auszugehen, daß es ihr genauso gegangen sein müßte. Fest schmiegte er sich an ihren Körper und wäre wohl so bald nicht mehr von ihr gewichen, wenn sie nicht plötzlich auf die Uhr geschaut hätte.

„Mein Gott, ich muß los, Johanna abholen!" rief sie aus, sprang aus dem Bett und eilte ins Bad. Julius wäre, wenn es nach ihm gegangen wäre, einfach in ihrem Bett liegen geblieben. Sie machte ihm aber unmißverständlich klar, daß er, wenn Johanna da wäre, in dem Schlafzimmer nichts zu suchen habe, und sie darüber hinaus ohnehin gedachte, ihre Tochter nichts von den neuesten Ereignissen merken zu lassen. So fügte sich denn Julius notgedrungen in die Tatsache, daß nun das alltägliche Leben weiterging.

Dennoch war sein Leben von nun an ein anderes geworden. Es war ihm, als gleite er auf einer Woge von Glückseligkeit durch den Alltag. Auch wenn Judith in der Schule war – und sie war oft lange fort, meistens bis sie Johanna aus dem Kindergarten abholte – hielt dieser Zustand an. Wenn es auch keineswegs die rosarote Brille war, durch die er das Leben nun betrachtete, so schien ihm dennoch alles viel farbiger und wärmer zu sein. Selbst die verregneten und nebligen Tage hielten ihn nicht davon ab, ausgedehnte Spaziergänge zu unternehmen und sich wie im Frühling zu fühlen.

Er sorgte gut für seine kleine Familie, bereitete die Mahlzeiten zu, putzte die Wohnung und führte hier und da kleine Reparaturen aus, die schon lange überfällig waren.

Allerdings vermochten diese Verrichtungen seinen Tag kaum auszufüllen, und er vermißte die Schulbücher, mit denen Bruder Leo ihn bedacht hatte. Judith konnte ihm nicht viel weiterhelfen – sie unterrichtete Deutsch und Sozialkunde, also Unterrichtsfächer, für die man nach Julius Auffassung ohnehin nichts lernen mußte, und dementsprechend war in ihrem Bücherregal auch wenig zu finden, was sein Interesse geweckt hätte. Hin und wieder schaltete er das Schulfernsehen ein, war aber in den meisten Fällen durch die Beiträge entweder über- oder unterfordert.

Umso mehr genoß er die Abende, die sie gemeinsam verbrachten, und Julius ließ kaum einen der von Johanna unbeobachteten Momente verstreichen, ohne Judith im Vorbeigehen irgendwo zu berühren oder ihr einen Kuß zu geben. Ungeduldig fieberte er dem kommenden Wochenende entgegen, welches Johanna bei ihrem Vater verbringen würde, und auch Judith schien die Zeit lang zu werden, denn hin und wieder tauchte sie mitten in der Nacht plötzlich bei Julius auf und schlüpfte unter seine Decke. Dann liebten sie sich kurz und innig, immer sorgfältig darauf bedacht, möglichst keinen Laut hören zu lassen.

Am Freitag schließlich brachte Judith ihre Tochter zum Vater, und nun hatten sie zwei Tage und Nächte freie Bahn, an denen sie das Bett nur noch für einige wenige Stunden verließen.

Langsam und unmerklich veränderte sich ihr Zusammensein. Zwar war es immer noch Judith, die ihren Liebhaber führte und leitete, aber mehr und mehr wurde Julius zu ihrem gelehrigen Schüler. Zunächst mußte er lernen, sich zurückzuhalten und sich nicht gleich im ersten Anlauf wie ein Strohfeuer zu erschöpfen. Er lernte die Kunst des Liebesspiels. lernte darauf zu achten, auf welche Berührungen seine Partnerin besonders reagierte und erforschte so ihren ganzen Körper. Er begriff, daß das Vergnügen und die Lust sich noch weiter steigern ließen, wenn er bereit war, die Erfüllung seiner Begierde noch ein wenig hinauszuschieben, bis es schließlich nicht mehr anders ging. Er lernte mehr und mehr, sich und das Geschehen zu kontrollieren, war aber durchaus auch in der Lage, die Zügel schießen zu lassen, wenn es ihn übermannte.

Er fühlte sich wie im Paradies, und auch Judith genoß seinen jugendlichen Eifer, der kaum einmal zu ermüden schien, sondern sich stets von Neuem entflammen ließ. Es gab keinen Tag und keine Nacht mehr. Stundenweise schliefen sie, dicht aneinander gedrängt, bis sich das Verlangen wieder regte und eine neue Runde des Spieles eröffnete. Erst am späten Sonntag ließ die Aufregung nach, und als der Zeitpunkt näherrückte, an dem Johanna abgeholt werden sollte, waren beide nicht unglücklich. Es war nun wirklich genug gewesen, das spürten beide, und doch wäre es ihnen ohne den äußeren Anlaß schwer gefallen, ein Ende zu finden.

Eine neue Woche begann, und Julius spürte den immer stärker werdenden Wunsch, den ganzen Heimlichkeiten ein Ende zu machen und Judith ganz selbstverständlich, auch in Johannas Gegenwart, als seine Geliebte zu behandeln. Diese machte jedoch keine Anstalten in dieser Richtung, im Gegenteil: eher streng wies sie ihn zurück, wenn er ihrer Ansicht nach zu weit ging und zuwenig Vorsicht walten ließ.

Johanna, die ein sehr aufgewecktes Kind war und der die Beziehung der beiden eigentlich nicht verborgen geblieben sein konnte, schien ebenfalls eher geneigt zu sein, den Mantel des Schweigens darüber zu decken, und es hatte den Anschein, als ob sie ihre ganz eigenen Pläne dabei verfolgte, denn das, was noch nicht ausgesprochen ist, läßt sich bekanntlich meist einfacher wieder aus der Welt schaffen, als wenn es erst einmal festgeschrieben ist. Sie mochte Julius

157

zwar gern, aber für sie gab es auch noch den Vater, und dessen Platz durfte der Junge nicht einnehmen. Das hatte sie zumindest unmißverständlich klargemacht, als es um die Sitzordnung bei Tisch ging und Julius sich nichtsahnend auf dem erstbesten freien Stuhl niederlassen wollte:

„Da darfst du nicht sitzen, da sitzt der Papa", hatte sie ihn belehrt, und Julius hatte daraufhin den Platz wechseln müssen. Auch wenn er den Vorfall nicht sonderlich ernst nahm, sondern ihr Ansinnen für eine kindliche Marotte hielt, hütete er sich fortan dennoch, dieses Tabu zu verletzen. Er war nun einmal jemand, der Problemen lieber aus dem Weg ging und Auseinandersetzungen nach Möglichkeit zu vermeiden suchte.

So war er beispielsweise auch nicht bereit, Judith und Johanna zu begleiten, als sie am 3. Advent zur Messe in die Klosterkapelle fuhren, was ihm zum erstenmal einen langen, skeptischen Blick von Judith einbrachte. Er wollte zwar seine Weigerung nicht näher begründen. aber es lag auf der Hand, daß es ihm unangenehm war, sich den Mönchen in dieser Begleitung zu zeigen. Nicht nur die Tatsache, daß er dort genauso sang und klanglos verschwunden war, wie er auch seine eigene Familie ohne Erklärung verlassen hatte, war ihm peinlich, sondern auch, daß er der mönchischen Männergemeinschaft untreu geworden war, um bei einer Frau zu leben.

Abschiednehmen schien ja ohnehin nicht seine Stärke zu sein, und wo er nun einmal vollendete Tatsachen geschaffen hatte, war es ihm um so unangenehmer, darauf möglicherweise noch einmal angesprochen zu werden. Er fühlte sich schlecht, undankbar gegenüber den Mönchen, die so viel für ihn getan hatten, und ärgerte sich nun auch noch über Judith und Johanna, die nun wirklich nichts dafür konnten.

An diesem Tag zog eine kleine graue Wolke an seinem Liebeshimmel auf, und er war mißvergnügt und übellaunig. Am meisten verdroß es ihn jedoch, daß Judith ihn spüren ließ, daß sie seine Entscheidung nicht billigte, ihn dann aber damit allein ließ, ohne den Versuch zu machen, ihn in irgendeiner Weise zu beeinflussen. Sie hatte ihn die ganze Zeit über auf Händen getragen, nun aber zum ersten Mal losgelassen.

„Wird schon wieder werden", versuchte er sich selbst zu trösten, was ihm aber nicht gut gelang, und so blieb ihm nichts als der Groll darüber, daß er das Kloster nicht so ohne weiteres aus der Welt schaffen konnte. Trotzig hielt er sich daran fest, daß es sich schließlich um seine ganz persönliche Entscheidung handele und sich niemand darin einzumischen habe; und da auch Judith, als sie wieder nach Hause kam, keine Anstalten machte, das Thema noch einmal aufzugreifen, versuchte er so zu tun, als sei nichts gewesen.

Dies schien ihm auch tatsächlich zu glücken; allein, das kleine graue Wölkchen am Himmel der Liebe erwies sich als beständig, er wurde es nicht mehr los. Es war allgegenwärtig, ob sie nun zusammen am Tisch saßen, oder ob er mit Judith im Bett war.

Letzteres wurde ohnehin zusehends seltener. Enttäuscht nahm Julius die Mitteilung auf, daß Johanna vor Weihnachten nicht mehr zu ihrem Vater fahren würde, und dieser darüber hinaus den Heiligen Abend bei ihnen zu verbringen gedachte. Zwar erschien ihm die Begründung, daß Johanna beide Eltern bei sich haben solle, plausibel, seine Gefühle jedoch zeigten sich weniger einsichtig. Immerhin hatte er diesen Mann, der nun plötzlich auftauchen wollte, schon als erledigt und endgültig aus dem Felde geschlagen betrachtet, und es schien ihm auch eindeutig zu sein, daß Judith diesen Mann nicht mehr liebte, mochten sie auch noch immer verheiratet sein. Die spontane Forderung „Er oder ich!", die er in seinem Bauch rumoren fühlte, wagte er jedoch nicht auszusprechen, denn so sicher war er sich seiner Sache auch wieder nicht – der Schuß könnte schließlich auch nach hinten losgehen. Also fügte er sich in das Unvermeidbare, sah allerdings dem Weihnachtsfest mit gemischten Gefühlen entgegen und betrachtete nun auch den freien Stuhl am Eßtisch mit anderen, feindseligeren Augen.

Der sexuelle Kontakt mit Judith hatte ihn selbstsicher gemacht; leichtfertig hatte er die Erfahrungen im Bett, wo er immer mehr das Geschehen in die eigene Hand nahm, auf alle anderen Situationen übertragen und glaubte nun, daß diese Frau ihm in jeder Hinsicht gefügig und willens sei. Jetzt mußte er allerdings feststellen, daß ihm der Lauf der Dinge zu entgleiten begann, vorausgesetzt, daß er ihn überhaupt je im Griff gehabt hatte. Dennoch besaß er genügend Optimismus, um sich zu sagen, daß auch das vorübergehen und er eben nur ein wenig später zum Zuge kommen würde. Einstweilen tröstete er sich mit der Feststellung, daß sie einander immer noch lieben konnten, wann immer sich die Gelegenheit dazu bot, und davon auch reichlich Gebrauch machten.

Und dann kam Weihnachten.

Rüdiger, so hieß sein vermeintlicher Widersacher, erschien mit einem Weihnachtsbaum unter dem Arm, den er, wie er stolz verkündete, im Wald geklaut hatte. Julius war gleich mehrfach tief beeindruckt: Zum einen über die forsche und selbstsichere Art, mit der Rüdiger hier auftrat, zum anderen aber – und dieser Tatbestand irritierte ihn weit mehr – daß er diesen schlaksigen, großgewachsenen Mann mit den blonden Locken eigentlich ganz nett fand. Es wäre ihm sicher tausendmal lieber gewesen, wenn sich Johannas Vater als ekliger Kotzbrocken erwiesen hätte, den man uneingeschränkt hassen konnte. So aber war er verunsichert, mußte sich neu orientieren und verspürte mit einem Mal den Wunsch, diesen Mann zum Freunde zu gewinnen. Ob es ihm dabei wirklich um Männerfreundschaft ging oder nur um den Wunsch, auch weiterhin dazugehören zu dürfen, hätte er vermutlich selbst nicht sagen können, aber sein vorher noch so kräftiges inneres „er oder ich" schmolz nun zu einem kleinlauten „bitte ich auch" zusammen.

Es war für ihn nicht zu übersehen, daß dieser Mann, leiblicher Vater von Johanna und angetrauter Gatte von Judith, eine andere Stellung innehatte als er, der jugendliche Liebhaber und Eindringling. So verfiel er schnell auf das, was er am besten beherrschte, nämlich sich dem Fremden durch allerlei Handreichungen als nützlich zu erweisen. Auch wenn er alles darum gegeben hätte zu erfahren, was in den Köpfen der einzelnen Beteiligten vor sich ging, so hütete er sich genauso wie alle anderen, irgendeine diesbezügliche Frage zu stellen oder Bemerkung zu machen. Man hatte sich arrangiert, und um des lieben Friedens willen, der ja zum Weihnachtsfest dazugehört, tat jeder, was er konnte, um das Arrangement nicht zu stören. Letztlich konnte sich jeder der Erwachsenen damit herausreden, daß es ja Johanna zu liebe geschehe, und diese schien es auch sichtlich zu genießen, auf diese Weise in den Mittelpunkt gerückt worden zu sein.

Wie im Fluge vergingen die Tage zwischen Weihnachten und dem neuen Jahr. Allmählich gewöhnte sich Julius daran, daß Rüdiger nun fast täglich zu Besuch erschien, wenngleich es ihn störte, daß er kaum noch eine Nacht mit Judith allein verbringen konnte, und auch die verbliebenen seltenen Gelegenheiten besaßen nicht mehr den gleichen Zauber, der ihnen noch vor einigen Wochen innegewohnt hatte; sei es, daß Julius einiges von der Selbstsicherheit, die ihm die Rolle als willkommener jugendlicher Liebhaber bescherte, eingebüßt hatte, oder sei es, daß Judith häufig schweigsam war und abwesend schien, als schweifte sie mit ihren Gedanken mehr in Vergangenheit und Zukunft umher als in der Gegenwart.

Julius war nun nicht mehr der einzige Mann im Haus und scheute zugleich davor zurück, diese Position zu erstreiten, als ahnte er bereits, daß er dabei den Kürzeren ziehen würde. Ängstlich beobachtete er sein Angebetete, versuchte jede kleine Bemerkung, jede noch so unbedeutende Reaktion von ihr zu registrieren und Anhaltspunkte dafür zu gewinnen, wie es denn wohl um ihn bestellt sein möge, der er sein weiteres Schicksal so ganz in ihre Hände gelegt hatte. Doch all seine argwöhnischen Beobachtungen hatten ihn nicht auf das vorbereiten können, was nun eintrat.

Es war der Tag vor Sylvester. Johanna war mit ihrem Vater unterwegs um einzukaufen, und Julius, der sich bereits auf ein Schäferstündchen mit Judith freute, trat auf sie zu, um sie zu umarmen.

Doch heute wies sie ihn zum erstenmal zurück. „Es geht nicht", teilte sie dem erstaunten Jungen mit, „wir müssen jetzt reden".

Julius, dem das gar nicht recht war, machte einen erneuten Anlauf, sich ihr zu nähern und sie mit einem Kuß zum Schweigen zu bringen. Das hatte schließlich bislang immer gut funktioniert, und sie hatten sich ohne viel weitere Worte dem sinnlichen Vergnügen hingegeben. Diesmal jedoch war es anders, und mit ungewohnter Heftigkeit stieß sie ihn zurück.

„Es ist ernst", verkündete sie bedeutsam und Julius fragte sich schockiert, ob denn alles andere bislang kein Ernst, sondern nur ein Spiel gewesen sei, und er erschauerte, als er die Härte in ihrem Gesicht wahrnahm. Schweigend setzte er sich aufs Sofa und hoffte inständig, daß nun nicht das allerschlimmste eintreten würde. Er sollte jedoch enttäuscht werden.

„Es ist wegen Rüdiger", erklärte Judith ohne Umschweife, „er hat sich von seiner Freundin getrennt..." Sie blickte aus dem Fenster, als wolle sie vermeiden, daß er ihre Gefühle aus ihrem Gesicht ablesen könnte. „Er will wieder zu mir zurück und zu Johanna!"

Stille folgte diesen Worten, eine Stille, die sich augenblicklich schwer wie Blei über das ganze Zimmer senkte. Julius wurde sofort klar, daß er selber gegenüber dem Gewicht der schicksalhaften Bindung, die zwischen Judith, Johanna und Rüdiger bestand, nur ein Fliegengewicht darstellte. Unwillkürlich krallten sich seine Hände in den Polstern des Sofas fest, als müsse er befürchten, daß ein plötzlicher Windstoß ihn auf und davon tragen könnte. Während er noch fieberhaft versuchte, seine Gedanken zu ordnen um die Tragweite dieser Mitteilung zu begreifen, machte Judith allen Fragen ein Ende, indem sie feststellte:

„Ich will ihm die Chance geben, wir wollen es noch einmal versuchen. Ich bin es mir selber, aber auch dem Kind schuldig. Vielleicht ist es ja doch noch möglich".

Julius schaute sie wie von allen guten Geistern verlassen mit großen Augen an: „Und ich?" krächzte er mühsam mit heiserer Stimme.

„Du kannst nicht länger hier bleiben", war ihre lapidare Antwort, die ihm wie ein eiskaltes Messer zwischen die Rippen fuhr. Es war, als hätte jemand den Farbregler eines Fernsehers betätigt: Von einer Sekunde auf die nächste nahm er die Welt und seine Umgebung nur noch in Schwarz-Weiß und Grautönen wahr. Er war wie erstarrt vor Schreck, und erst allmählich spürte er, wie ihm die Tränen kamen.

Judith, die selber erstaunt und iiritiert darüber war, daß sie diese Mitteilung so völlig ohne Gefühlsregung ausgesprochen hatte, setzte sich sofort neben ihn und zog ihn an sich, um ihn zu trösten.

„Aber wieso denn?" stammelte er fassungslos, während er sie mit tränenverschleiertem Blick ansah, um dann laut aufzuschluchzen. Er hörte ihre Antwort nicht mehr. Er hatte sich abgewendet und schrie nun laut auf vor Schmerz, während sein ganzer Körper sich zuckend und krampfend aufbäumte. Nur noch Stoßweise ging sein Atem, immer wieder unterbrochen von Schluchzen und seltsam klagenden Lauten. Er war gerade noch in der Lage, das Papiertaschentuch zu ergreifen, das sie ihm gereicht hatte, aber alle weiteren Berührungen von ihr wies er mit einem kurzen, aber eindeutigen „Laß mich!" zurück. Es war aus, daran gab es keinen Zweifel mehr, und er spürte instinktiv, daß jeder körperliche Kontakt seinen Schmerz nur noch steigern würde. Judith, der nun selber die Tränen über das Gesicht liefen, rückte ein Stück von ihm fort und überließ ihn seinen Gefühlen.

So heftig, wie dieser Ausbruch über ihn gekommen war, so schnell ging er auch vorüber, und Julius begann tief und gleichmäßig zu atmen.

Er würdigte Judith, die immer noch neben ihm saß, keines Blickes, und schaute nur unverwandt auf seine Hände. Schöne, gute Hände waren das, wie er durch seine tränenverschleierten Augen hindurch feststellte. Er erinnerte sich an Schwielen und Blasen, die er sich bei der Arbeit im Kloster zugezogen hatte, aber auch daran, wie diese Hände den Körper von Judith liebkost und erforscht hatten. Dieselben Hände waren es gewesen, mit denen er als Säugling, als er noch gar nichts verstand, seine Umgebung erkundet, neue und fremde Gegenstände ergriffen und zum Munde geführt hatte, um ihre Beschaffenheit zu untersuchen. Das waren seine Hände, ganz allein seine, und mochten sie nun auch vor Aufregung ein wenig zittern, so würden sie ihm doch zweifellos auch weiterhin dabei zu Diensten sein, seinen Weg zu finden.

„Julius", sagte er unhörbar zu sich selbst, und noch mehrere Male: „Julius......Julius!"

Es war so gekommen, wie es kommen mußte. In der Tiefe seiner Seele hatte er es bereits gewußt und sich darauf vorbereitet. Er war verletzt, keine Frage, aber er war nicht verzweifelt. Nun war es klar, was sich schon lange als dumpfe Ahnung in ihm vorbereitet hatte, und er war wieder für sein Tun oder Lassen ganz allein verantwortlich.

Dann schaute er auf. Für einen kurzen Moment hatte er den Impuls verspürt, auf der Stelle und ohne ein Wort aufzustehen und zu verschwinden, sich dann aber anders besonnen.

„Ich will noch auf Johanna warten", sagte er mit klarer, fester Stimme, „und ich möchte noch einmal duschen!"

Judith nickte stumm und blickte ihm nach, wie er im Bad verschwand. Nun konnte auch sie sich der Tränen nicht mehr erwehren. Wie ein Film liefen vor ihrem inneren Auge

Szenen und Begebenheiten der letzten Wochen ab. Der Junge hatte in ihr etwas wachgerufen, das sie fast schon vergessen hatte, und sie zweifelte, ob Rüdiger der Mann war, mit dem sie das, was sie da entdeckt hatte, würde leben können. Zugleich aber war ihr auch klar, daß Julius es auch nicht sein konnte. Es war noch ein Jüngling, kein Mann, und konnte ihr nicht die Stütze sein, nach der sie sich sehnte. Es kam ihr zuweilen vor, als habe sie noch ein zweites Kind bekommen, und sie hatte sich die ganze Zeit mühsam zurückhalten müssen, ihm keine mütterlichen Vorhaltungen über die Art und Weise, wie er sich durch Leben treiben ließ, zu machen, denn in diesem Moment hätte sie ihn nicht mehr als Mann in ihrem Bett genießen können.

Lange hatte sie versucht, diesen Zustand aufrecht zu erhalten, und es hatte sie viel Kraft gekostet, über alle Bedenken hinweg die Augenblicke zu zweit zu ermöglichen. Nun war es zu Ende. Julius würde gehen, und sie würde ihr Leben weiterleben – aber es würde ein anderes Leben sein als vorher.

Sie war nicht mehr dieselbe, und erstaunt mußte sie feststellen, daß auch Julius nicht mehr derselbe war. Diese Gestalt, die da im Badezimmer verschwunden war, und den sie sich jetzt nackt unter der Dusche vorstellte, das war nicht mehr der Julius, den sie kannte. Sie spürte jetzt den Mann in diesem Jungen, und dieser Mann war ihr fremd und so ganz anders in seinen Gefühlen und seiner Art, damit umzugehen. „Die Frau, die er einmal heiraten wird, wird zu beneiden sein", dachte sie plötzlich, und fühlte sich fast ein wenig betrogen, denn sie konnte sich nicht daran erinnern, in ihrer eigenen Jugend solchen Männern begegnet zu sein.

Seufzend stand sie auf und fing an, Vorbereitungen für das Mittagessen zu treffen. Julius blieb ungewöhnlich lange im Bad, als wolle er jeglicher Zweisamkeit mit Judith aus dem

Wege gehen, und kam auch tatsächlich erst dann wieder zum Vorschein, als Rüdiger und Johanna eintrafen. Die Kleine spürte sofort, daß etwas vorgefallen war, und schaute Julius lange fragend an.

„Ich gehe wieder", sagte er ohne Umschweife zu ihr. Sie nickte nur ohne den Blick von ihm zu wenden, und schien weder überrascht noch erstaunt zu sein. Dann griff sie in die Einkaufstasche und überreicht ihm ein kleines zusammengeknülltes Tütchen. „Für dich", sagte sie, „habe ich gekauft von meinem Geld!" und während Julius überrascht das Geschenk auspackte und ein kleines Armband aus glitzernden Glasperlen zum Vorschein kam, fügte sie hinzu: „Damit du an mich denkst, wenn du traurig bist". Fassungslos vor Erstaunen streifte Julius das Armband über sein Handgelenk.

„Danke", stammelte er, schaute sie dann an und meinte: "Du hast es gewußt?"

Sie nickte und legte gleichzeitig den Finger auf ihre Lippen, um ihn von weiteren Fragen abzuhalten, die sie möglicherweise dazu verleitet hätten, ein Geheimnis preiszugeben.

„Ich weiß, daß du nur zu Besuch bist", fügte sie ausweichend hinzu und nach einem kurzen Zögern erklärte sie zu den anderen gewandt: „Es ist ja gar nicht genug Platz hier für alle!"

Damit schien für sie, sehr zur Verwunderung ihrer Mutter, das Thema erledigt zu sein, und Judith spürte zwischen den beiden jungen Menschen eine Vertrautheit, die sie erstaunte, denn es schien geradezu, als seien Kommen und Gehen für diese Zwei das Selbstverständlichste der Welt.

Zum letztenmal saßen sie nun alle vier zum Mittagessen beieinander, und es war in der Tat bemerkenswert, wie unbekümmert Johanna und Julius miteinander scherzten und alberten, während Judith und Rüdiger eher ernst und ein wenig traurig schienen, wohl nicht zuletzt auch angesichts der Schwere dessen, was auf sie beide zukam. Schließlich stand Julius auf, während Johanna sich auf ihren Stuhl stellte, um auf gleicher Höhe mit ihm zu sein.

„Gehst du jetzt wieder in die Kapelle?" fragte sie ihn, während er wie gebannt in ihre strahlenden, wissenden Augen schaute.

„Ich denke schon", antwortete er, denn es war in der Tat seine Absicht, dem Kloster noch einmal einen Besuch abzustatten.

„Dann ist ja gut", beschied sie lapidar und stieg von ihrem Stuhl herunter. Die beiden anderen hatten sich ebenfalls erhoben.

Rüdiger gab ihm die Hand und verabschiedete ihn mit einem mitfühlenden „mach's gut!", um anschließend zu verkünden, er müsse noch mal runter zum Auto. Er hatte begriffen, daß es hier Geheimnisse gab, die ihn nichts angingen, und wollte nicht im Weg stehen.

Nun stand Judith vor ihm. Sie hatte wieder Tränen in den Augen. Es war jetzt alles so schnell gegangen, daß sie es gar nicht fassen konnte, und sie hätte gerne die Uhr noch einmal zurückgedreht.

„Danke!" konnte sie nur stammeln und ergriff seine Hände. Sie zitterte ein wenig, denn das waren nicht mehr die Hände ihres Mönchleins, die sie da ergriffen hatte, sondern Hände, die ihr fremd waren, Hände eines jener seltsamen Wesen, die sich ‚Männer' nannten und von einem anderen Planeten zu stammen schienen.

„Danke, dir auch" murmelte Julius und ärgerte sich ein wenig, daß ihm nicht mehr einfiel. Er stellte aber erstaunt fest, wie leicht ihm dieser Abschied fiel. Er liebte diese Frau noch immer, soviel stand fest, aber anders als vorher. Als er sie zum erstenmal gesehen hatte, erschien sie ihm als leibhaftige Verkörperung all seiner Sehnsüchte, seiner Gier nach dem Leben, sie war gewissermaßen seine Rettung. Jetzt liebte er sie, weil sie das ausgesprochen hatte, was er wahrzunehmen sich nicht getraut hatte: Es geht so nicht! Nun hatte sie ihn gezwungen, den nächsten Schritt ins Leben zu tun, indem sie ihn von sich wies, und ihm dadurch ein weiteres Stück seiner Selbstachtung wiedergegeben. Er war nun in der Tat ein anderer geworden, das spürte er selber auch, und dafür war er ihr dankbar, dafür liebte er sie. Der Kuß, den er ihr jetzt gab, war anders als die Küsse vorher, nicht mehr voll von unstillbarem Verlangen, sondern ein Geschenk an sie, die ihm soviel gegeben hatte.

Schließlich drängte Johanna sich dazwischen, um ihm auch einen Kuß zu geben, und auch das war nicht der Kuß eines Kindes, sondern er spürte darin die ganze Kraft und Zuneigung einer reifen Seele, die einer anderen Seele in stiller Ahnung über die tieferen Zusammenhänge des Lebens verbunden ist.

Und so zog er denn seiner Wege, wie er gekommen war – sieht man von der dicken Felljacke ab, die Rüdiger ihm vermacht hatte – frei, ungebunden und ohne Gepäck.

8.

Heimwärts

Julius schlug zielstrebig den kürzesten Weg in die Richtung ein, in der das Kloster liegen mußte. Der Himmel war bedeckt, und ein leichter Schneegriesel ließ die Landschaft wie mit Puderzucker bestäubt erscheinen. Zwar lag die Temperatur nur geringfügig unter dem Gefrierpunkt, aber die hohe Luftfeuchtigkeit ließ ihn frösteln.

Sein Aufbruch war in euphorischer Stimmung erfolgt, vielleicht eine Folge seines befreienden Gefühlsausbruches, aber je länger er lief, desto bekümmerter wurde er. Langsam erst begann er zu registrieren, daß er jetzt allein war; langsam erst wurde er sich bewußt, daß er Judith wahrscheinlich nie wiedersehen würde. Vor allem aber begann er zu spüren, wie sehr er mit ihr schon zusammengewachsen war. Ihm war es, als sei ein Stück von ihm selbst aus der Mitte seines Körpers herausgerissen worden, und er nun stattdessen an dieser Stelle eine riesige, offene Wunde mit sich trüge. Wie sollte er diese jemals schließen? Wie den brennenden Schmerz ersticken, der von Minute zu Minute stärker wurde? Ja, er konnte sich nur zu gut vorstellen, daß manch einer dieses Gefühl mit Alkohol zu ertränken versucht, und hätte sich ihm nur die Gelegenheit dazu geboten, er hätte sicher nicht gezögert, sie zu ergreifen.

So jedoch blieb ihm nichts weiter übrig, als kräftig weiter auszuschreiten und sein Heil in der körperlichen Erschöpfung zu suchen. Tausend Dinge gingen ihm dabei durch den

Kopf, die er Judith noch gerne hätte sagen wollen, sagen müssen, angefangen bei Rechtfertigungen, Beteuerungen und verzweifelten Bitten bis hin zu Vorwürfen, Anklagen und Beschuldigungen. Ganze Bücher hätte er damit füllen können; er fühlte sich verletzt und war empört über das Unrecht, das ihm widerfahren war. Jetzt bäumten sich alle seelischen Kräfte in ihm auf, um seine Persönlichkeit wieder aufzurichten, ein innerer Krieger rief ihn zu den Waffen, um für seine Sache einzustehen und Gerechtigkeit einzufordern. Rachegelüste kamen auf; gerne hätte er es ihr noch einmal richtig heimgezahlt, und in seiner Ohnmacht und Hilflosigkeit verwandelte sich die Liebe, die er noch im Herzen bewahrt hatte, in bitteren Haß. Immer wieder inszenierte er in seiner Phantasie die Abschiedsszene, schrieb sich ständig neue Rollen, entwarf neue Wortgefechte und dramatische Abgänge, bis er am Ende selbst nicht mehr genau wußte, was denn nun in Wirklichkeit abgelaufen war.

Aber was bedeutete schon das Wort „Wirklichkeit"? Die einzige Wirklichkeit, auf die er zurückgreifen konnte, waren die Filme und Bilder in seinem Kopf, waren die Gefühle und Kämpfe in seinem Inneren, und er war dabei, diese Wirklichkeit zu verändern und neu zu gestalten. Immer wieder, wenn sein Kummer das erträgliche Maß überschritt, brach er in Tränen aus und konnte nur noch laut „Nein! Nein! Nein!" rufen.

So ging es Stunde um Stunde. Der Fußweg war ohnehin schon bedeutend länger als die Fahrt mit dem Auto, aber Julius schien sich zudem auch noch einige Male, ohne es wirklich zu bemerken, verlaufen zu haben. Die innere Not jedoch rief seine Lebensgeister auf den Plan, die ihn mit instinktiver Zielstrebigkeit immer wieder in die richtige Richtung lenkten, so daß auch die hereinbrechende Dunkelheit ihn nicht dauerhaft in die Irre führen konnte.

Ihm war bereits jegliches Zeitempfinden abhanden gekommen, und er hätte zweifellos auch noch stundenlang besinnungslos weitermarschieren können, als er plötzlich das große Tor des Klosters vor sich sah. Das Portal stand noch offen, aber die Kapelle und große Teile des Hauptgebäudes waren schon dunkel, so daß er davon ausgehen konnte, daß das Gebet und das Abendbrot bereits vorbei waren.

Er versuchte, seine Gedanken zu ordnen, während er langsam die große Freitreppe emporstieg und den Türklopfer der Pforte betätigte. Es schien eine Ewigkeit zu dauern, bis sich die Türe endlich öffnete, und dann stand Bruder Ambrosius vor ihm.

Nun aber war es um seine Selbstbeherrschung endgültig geschehen; laut aufschluchzend warf er sich dem fülligen Mönch an die Brust, und seine Knie wurden so schwach, daß er sicher zusammengebrochen wäre, hätte ihn nicht der Mönch bereits mit seinen dicken, fleischigen Armen umschlungen gehabt.

„Komm erst mal mit in die Küche", meinte dieser, „du mußt was essen, sonst heulst du dir noch die Seele aus dem Leib!" und schleppte ihn mit sich.

Unterwegs auf dem Gang kam ihnen zu allem Überfluß auch noch Bruder Leo entgegen, der sich die etwas spöttische Bemerkung „Sieh an, der verlorene Sohn ist zurückgekehrt!" nicht verkneifen konnte und von Bruder Ambrosius daraufhin mit einem sehr unklösterlichen „Halts Maul!" beschieden wurde, was seine Wirkung insofern nicht verfehlte, als es dem anderen in der Tat die Sprache verschlug. Zumindest war Julius durch diesen kurzen, aber ungewöhnlichen Wortwechsel ein klein wenig aufgeheitert worden, während ihn Ambrosius in die Küche schob und auf einen Stuhl setzte.

Als erstes stellte er dem Jungen ein großes Glas Bier auf den Tisch, welches dieser ohne Zögern ergriff und mit großen, hastigen Schlucken leerte. Der Mönch schaute ihm wohlwollend und mitfühlend zu, und bevor Julius sich noch entscheiden konnte, ob er jetzt wieder in Trübsal versinken solle, entfuhr ihm ein gewaltiger Rülpser, der von beiden mit schallendem Gelächter quittiert wurde. Nun, wo sein Magen sich Raum geschaffen hatte, war er auch bereit, zu essen, und der Mönch mußte sich beeilen, ihm ausreichend Nachschub zu besorgen.

„Heiliger Ambrosius!" entfuhr es ihm irgendwann, „soviel habe selbst ich in meinen allerbesten Zeiten nicht gefr... gegessen!" Julius lachte und schlang unbekümmert weiter, als gelte es, das vermeintliche Riesenloch in seinem Körper auf diese Weise zu stopfen. Das Bier tat sein übriges, und bedingt durch seine körperliche, seelische und geistige Erschöpfung verfiel er schnell in einen Zustand von Schwere, Gleichgültigkeit und nebulösem Wohlgefühl.

„Deine Klause steht noch bereit", sagte Ambrosius schließlich, als Julius sein Gelage beendet hatte und aufstand, und fügte, während seine Augen den Jungen beobachteten, der schwerfällig und langsam zur Treppe schlurfte, mehr zu sich selbst hinzu: „War ja klar, daß du noch mal wiederkommst".

Am nächsten Morgen stand Julius zeitig auf, damit er noch Gelegenheit hatte, den Waschraum alleine zu benutzen, bevor die Mönche kamen. Er hatte keine Lust, mit ihren Fragen oder auch nur neugierigen Blicken konfrontiert zu werden, und stahl sich, sobald er fertig war, in die kleine Kapelle hinüber, einen Ort, wo mit Sicherheit kein unnötiges Wort an ihn gerichtet würde.

Jetzt erinnerte er sich an seine erste Ankunft vor ein paar Monaten. Auch damals hatte er alleine in diesem Kirchlein gesessen. Nichts hatte sich verändert, und doch, trotz der Dunkelheit schien ihm der Raum größer und weiter geworden zu sein. Nur schemenhaft konnte er die Marienstatue erkennen, die nun im Halbdunkel beinahe wie eine schwarze Madonna aussah und von der er seinen Blick lange nicht lösen mochte. Sie schien Lebendigkeit auszustrahlen, und er konnte diese auch zuordnen. Es war die mütterliche Wärme einer Frau, die Trost und Geborgenheit verhieß, aber auch abgründige Tiefe. Sie war ihm vertraut, sie war nicht mehr fremd und unnahbar wie einst, als er noch keine Frau gehabt hatte, und doch verspürte er zugleich Scheu und Ehrfurcht, denn nun hatte er auch erfahren, daß Frauen immer auch geheimnisvoll und unberechenbar blieben. Sie konnten einen Mann himmelhoch jauchzen lassen, aber genauso auch zu Tode betrüben.

Als die Kapelle sich füllte und die Andacht begann, hatte er wieder das Bild vor Augen, wie Judith plötzlich vor ihm gestanden hatte. Es war jetzt eine andere Judith als damals; zu viel wußte er inzwischen von ihr, als daß er den Zauber, den sie damals bewirkt hatte, noch einmal hätte nachempfinden können. Seine Augen glitten zu der Bank, in der sie seinerzeit gesessen hatte, und die Tatsache, daß heute ausgerechnet dieser Platz leer war, rief ihm noch einmal schmerzhaft seinen Verlust in Erinnerung. Tränen liefen über seine Wangen und es schien, als wollten sie gar nicht mehr aufhören. Es war kein erschüttertes Schluchzen mehr, nur noch ein stilles, gleichmäßiges Weinen, das sich aus der Tiefe seines Herzens den Weg nach draußen bahnte. Es war ihm gleichgültig, ob ihn dabei jemand sah. Er war ohnehin Gegenstand vieler neugieriger Blicke, mochten die Anwesenden doch von ihm denken was immer sie wollten.

Wieder glitt sein Blick hinüber zur Muttergottes, wieder verspürte er Wärme und Trost und mußte sich eingestehen, daß er sich eigentlich doch nicht völlig verloren und verlassen fühlte, sondern vielmehr auf eine ihm unbegreifliche Weise aufgehoben und aufgerichtet. Es waren nicht die Mönche und das Kloster allein, die in ihm dieses Gefühl erzeugten; es war etwas, das weiblich war und in ihm die seligsten Augenblicke, die er mit Judith erlebt hatte, wieder anklingen ließ, und er stellte beglückt fest, daß die Quelle dieses Gefühls in ihm selber sprudelte.

So ging er denn anschließend ruhig und gefaßt mit den Mönchen zum Frühstück. Selbstverständlich wurde auch dort geschwiegen, wie er es schon so oft erlebt hatte, doch es war dieses Mal ein sehr beredtes Schweigen. Er konnte die Blicke, die von allen Seiten auf ihn geworfen wurden, förmlich spüren; eine ungewohnte Lebhaftigkeit schien in diesem Raume vorhanden zu sein. Ein jeder versuchte zwar, sich kontrolliert und gefaßt zu geben, doch die Augen der Mönche redeten eine andere Sprache. Allein Ambrosius machte keinen Hehl aus seiner Freude, grinste die ganze Zeit über beide Wangen und entlockte so dem einen oder anderen ein zustimmendes Lächeln, und Julius schien es, als schaute auch der Abt nicht ganz so streng drein wie sonst. So paßte denn auch dessen Ankündigung, daß die Mittagspause wegen des bevorstehenden Jahreswechsels um eine Stunde verlängert, dafür die Nachtruhe erst nach Mitternacht beginnen würde, in die gelockerte Atmosphäre hinein; man wolle, so drückte er sich aus, gemeinsam das neue Jahr und darüber hinaus „vielleicht noch das ein oder andere" feiern.

Das war zugleich das Signal zum Aufbruch, und Julius begann unverzüglich seine Rolle als Küchenjunge wieder einzunehmen, als sei er überhaupt niemals fort gewesen.

176

Dennoch überkam ihn ein wenig Wehmut bei dem Gedanken, daß er diesmal nur gekommen war, um endgültig Abschied zu nehmen. Die ganzen kleinen und alltäglichen Verrichtungen in der Küche erhielten dadurch einen ganz besonderen Zauber für ihn, wie er ihn sonst nur von der heiligen Messe kannte. Nachdem er lange schweigend und nachdenklich vor sich hin gearbeitet hatte, drängte sich ihm plötzlich eine Frage auf:

„Wieso warst du dir so sicher, daß ich wiederkomme?" wandte er sich an Bruder Ambrosius.

Der aber lachte nur verschmitzt, griff in die Küchenschublade und angelte das Messer heraus, das er einst dem Jungen zum Geschenk gemacht hatte.

„Siehst du das hier?" fragte er zurück und wog das Messer mit beiden Händen. „Wenn ein Mann ein Messer geschenkt bekommt, dann läßt er es nicht einfach liegen und verschwindet. Es sei denn" – er lächelte wieder – „es sei denn, er geht nur für kurze Zeit, um etwas Wichtiges zu erledigen". Anschließend überreichte er mit bedeutsamer Geste dem Jungen das Messer.

Julius war bei seinen letzten Worten bis über beide Ohren errötet, nahm das Messer entgegen und fragte sich insgeheim, was der Mönch wohl über seine Eskapade wissen mochte und was im Kloster so getuschelt würde. Da aber Ambrosius nichts weiter dazu sagte, beschloß er, die Frage für sich zu behalten und das Thema nicht weiter zu verfolgen.

„Beim nächsten Mal werde ich dran denken", versicherte er, während er behutsam mit einem Finger über die scharfe Klinge fuhr. Er zögerte einen Augenblick. „Es wird bald sein", fuhr er nachdenklich fort, „vielleicht morgen schon".

177

„Ich dachte mir so etwas, antwortete der Mönch, „du machst auf mich den Eindruck, als wüßtest du inzwischen, was du willst."

Julius nickte. „Eigentlich schon", gab er zur Antwort, „noch nicht ganz genau, aber irgendwie...nach Hause." Er zuckte unwillkürlich zusammen, als sei er selbst über diese Aussage erschrocken. In gewissem Sinne war er es auch, denn als er das Wort ,nach Hause' aussprach, kamen ihm sofort die Mutter und die Schwester in den Sinn, an die er lange Zeit keinen Gedanken verschwendet hatte. Betroffen schaute er den Mönch an: „Ich müßte mal ins Internet", stammelte er, „vielleicht habe ich Post bekommen?"

„Bruder Leo ist oben im Büro und macht die Jahresabrechnung", antwortete Ambrosius kurz und bündig, „vielleicht läßt er dich mal an den Computer dran."

Auf der Stelle verließ Julius die Küche, als gelte es, nach all den langen Monaten keine Sekunde mehr zu verlieren, und eilte über den Flur und die Treppe hinauf in das Arbeitszimmer. In der Tat saß dort Bruder Leo über Bergen von Zetteln, Rechnungen und Quittungen; das Glück wollte es, daß er den Computer gerade nicht benötigte und so dem Jungen erlauben konnte, seine e-mails abzurufen. Hastig machte sich Julius an dem Rechner zu schaffen und rutschte nervös hin und her, weil die Einwahl über das Telefonnetz so lange dauerte. Er gab seine Daten ein und mußte erneut lange warten. Schließlich erschien ein ganzer Berg von Nachrichten, allerdings nur Werbung über Werbung. Er hatte die Hoffnung schon fast aufgegeben, als er plötzlich las:

Mein lieber Junge!

Ich habe vorgestern deinen Brief bekommen. Jetzt sitze ich bei Onkel Gerd am Computer und schreibe dir. Er hat mir genau erklärt, wie das geht. Ich bin ja so froh, daß du noch lebst!!!

Die letzten Wochen waren das Schlimmste, was ich je erlebt habe. Ich möchte keiner Mutter so etwas wünschen. Zuerst war ich sauer, als du nicht nach Hause kamst. Als ich am nächsten morgen gehört habe, daß du nicht in der Schule warst, habe ich höllische Angst gekriegt. Ich bin direkt zur Polizei, und die haben gesagt „ach was, schon wieder einer", und dann haben sie versucht mich zu beruhigen. Ich sollte froh sein, daß du kein Mädchen bist, Jungens würde so schnell nichts passieren, die kämen meistens von allein zurück. Ja, sie würden eine Fahndung ausschreiben, aber ich sollte nicht zuviel erwarten.

Ich hatte eigentlich das sichere Gefühl, daß du lebst, aber sie haben mir hier alle so schreckliche Geschichten erzählt, was alles passieren kann, daß ich immer mehr Angst bekam.

Ach, wenn dein Vater doch noch da wäre! Ich glaube, dann wär das gar nicht passiert. Ich bin so eine schlechte Mutter gewesen. Ich bin nie mit dir zurechtgekommen. Schon als ich schwanger war, hab ich gedacht, wie soll ich das bloß alles schaffen! Dann warst du da, und du hast mich immer so komisch angeguckt, schon als Säugling, als wolltest du gar nicht glauben, daß ich deine Mutter bin. Als wolltest du irgendwas sagen. Mir war immer ganz unheimlich dabei. Du warst auch später immer so still und nachdenklich, und als der Papa dann weg war, wurde es noch schlimmer. Wenn die anderen Kinder auf dem Hof Fußball gespielt haben, hast du immer abseits gestanden und zugeguckt, und zu Hause hast du dann mit den Playmobilmännchen alles

179

nachgespielt, was du gesehen hast. Wort für Wort. Als du in die Schule kamst, hast du mit den Püppchen nur noch Schule gespielt. Ich war ja froh, daß du dich selbst beschäftigt hast, ich hatte ja genug zu tun. Aber ich hätte mich mehr um dich kümmern sollen.

Als es mit der Schule dann bergab ging, da war es zu spät. Da wußte ich gar nicht mehr, wie ich mit dir reden soll. In der Schule haben sie gesagt „Er könnte viel mehr leisten, aber er ist mit den Gedanken ganz woanders" und ich habe immer nur geantwortet „zu Hause ist er genauso!" Ich habe mich geschämt, weil ich zugeben mußte, daß ich gar nichts weiß von dir, was du so denkst. Du warst wie ein Fremder für mich.

Jetzt habe ich deinen Brief gelesen und ein bißchen verstanden, aber nicht alles. Was machst du dir nur für Gedanken! Das ist doch nicht normal! Ich weiß überhaupt nicht, wie ich dir darauf antworten soll. Ich bin doch nur eine Frau.

Ich habe deinen Vater auch nie verstanden. Ich habe nur gewollt, daß du nie so wirst wie er. Ganz genau habe ich dich beobachtet, und jedes mal, wenn du mich an ihn erinnert hast, habe ich einen Schreck bekommen und gedacht, hoffentlich läuft er mir nicht auch noch eines Tages weg.

So etwas darf man aber gar nicht denken! Denn nun ist es tatsächlich passiert. Ich habe ein furchtbar schlechtes Gewissen, weil ich dir keine gute Mutter gewesen bin. Ich habe dich wahrscheinlich ganz verrückt gemacht mit meiner Angst. Ach wenn du doch wieder hier wärst, und wir noch einmal ganz neu anfangen könnten. Warum hast du nie etwas gesagt? Ich hätte bestimmt versucht, es zu verstehen. Weglaufen macht es doch auch nicht besser. Auch Rolf ist ganz nachdenklich geworden. Er hat mir doch nur helfen wollen, wenn er mit dir rumgemault hat. Er möchte auch, daß du wiederkommst. Und Jessica sowieso. Wir sind alle traurig. Das kann doch nicht richtig sein so. Was kann ich denn nur tun?

Ich bin so hilflos, ich höre jetzt besser auf. Onkel Gerd guckt schon ganz komisch, weil ich mir dauernd die Nase putze, er denkt wahrscheinlich, ich habe Heuschnupfen, um diese Jahreszeit!

Julius, bitte paß auf dich auf, versprich mir das, auch wenn das jetzt ein dummer Mama-Spruch ist in deinen Augen. Mir ist das ganz ernst. Ich kann nichts mehr für dich tun, und das ist ganz schwer für mich, wo ich schon so viel falsch gemacht habe. Aber eins sag ich dir noch: Ich bin auch ein bißchen stolz auf dich. Du bist schon ein besonderer Mensch, anders als die anderen.

Deine Mama

Julius saß wie erstarrt vor dem Bildschirm. Er hatte lange, eigentlich ein Leben lang versucht, sich gegen seine Mutter abzuschotten. Ihre Ängste, mit denen sie ihn regelmäßig überfiel, hatte er von sich fernhalten wollen; sie waren ihm wie ein Gift erschienen, vor dem es sich zu schützen galt, und da er sich als Kind nicht anders zu helfen wußte, schnitt er einfach nach und nach jede Verbindung zu ihr ab.

Nun allerdings, wo er selber innerlich noch völlig aufgewühlt war und dann auch noch diesen Brief lesen mußte, konnte er sich nicht länger verschließen. Es stimmte, was ihm einst dieses Mädchen in dem Gartenhaus – hieß sie nicht Sandra? – gesagt hatte: Er hatte immer nur sich selbst gesehen, seine eigene Not. Für die Not seiner Mutter hatte er jegliches Empfinden abgeschaltet. Nun erlebte er sie plötzlich als einen Menschen mit intensiven Gefühlen, die seinen eigenen nicht nachstanden, konnte auf einmal ihr Bemühen würdigen, ihre Arbeit im Haushalt, ihren Wunsch, es den Kindern recht zu machen, und auch ihre Befürchtungen, der Sohn könne eines Tages in die Fußstapfen des Vaters treten. Was hatte er ihr, ohne auch nur eine Sekunde darüber nachzudenken, das Leben schwergemacht, unnötig schwer! Er spürte, wie in ihm das Verlangen brannte, etwas wieder gut zu machen und ihr vielleicht wenigstens das eine noch zu gewähren: die Erfüllung ihres Wunsches, noch einmal neu anfangen zu können.

Er würde bald achtzehn sein und ohnehin nicht mehr lange zu Hause wohnen, aber die Zeit, in der es noch möglich war, wollte er ihr zum Geschenk machen, als kleiner Dank für ein Leben voller Entbehrungen, das sie nicht zuletzt seinetwegen auf sich genommen hatte.

„Du könntest mal die Verbindung trennen, wenn du fertig bist!"

Die schneidende Stimme von Bruder Leo, der ihn mißbilligend über den Rand seiner Lesebrille hinweg anschaute, riß ihn jäh aus seinen Gedanken.

„Ja klar, sofort", antwortete Julius eilfertig, „ich würde nur das noch gerne ausdrucken, wenn ich darf".

„Kein Problem", brummte der Mönch, „aber nimm das gebrauchte Papier dafür, die Rückseiten sind ja noch frei." Er wandte sich wieder seinen Unterlagen zu und Julius lobte sich selbst insgeheim für seine Menschenkenntnis, als er den Mönch schon bei der ersten Begegnung mit einem Bankbuchhalter oder Steuerbeamten verglichen hatte.

Während er das Ausdrucken des Briefes einleitete, schaute er immer wieder zu Bruder Leo hinüber. Dieser schien das bemerkt zu haben, denn ohne von seiner Arbeit aufzublicken fragte er nun: „Wie geht das denn nun weiter mit dir?"

Julius atmete tief durch: „Ich gehe nach Hause."

Er schwieg eine Weile, als müsse er selber erst die Bedeutung dieser Aussage erfassen, und fuhr dann fort: „Ich habe jetzt ein halbes Jahr Schule verpaßt. Ich denke aber, das kann ich im zweiten Halbjahr wieder reinholen. Ich will auf jeden Fall einen vernünftigen Abschluß, und dann weiß ich noch nicht – vielleicht eine Ausbildung oder noch weiter zur Schule."

„Nun ja", brummte Bruder Leo, „das Zeug dazu hast du in jedem Fall. Wenn du dich nur nicht selber sabotierst, weil du meinst, du könntest die Menschen nicht ertragen, die so sind wie sie sind."

„Sie meinen, äh, du meinst, meine Lehrer?" fragte Julius, und winkte mit einer Handbewegung ab: „Ich weiß, daß die meisten mir nicht viel vom Leben erzählen können. Aber inzwischen erwarte ich das auch nicht mehr. Ich hole mir schon selber das, was ich brauche."

„So so!" murmelte der Mönch vielsagend, um dann unvermittelt das Thema zu wechseln: „Ich fahre übermorgen nach D. zum Arbeiten. Wenn du willst, kann ich dich dorthin mitnehmen."

„Super!" rutschte es dem Jungen heraus, der sich gleich verbesserte: „Ich meine, gerne, danke!" und versuchte dabei an der Miene des Mönches abzulesen, ob dieses Angebot nun eine besonders freundliche Geste darstellte, oder ob jener eher froh war, den Jungen möglichst bald wieder loszuwerden; da er aber zu keinem Ergebnis kam und Bruder

Leo auch keine Anstalten machte, sich weiter darüber auszulassen, zog er sich leise aus dem Arbeitszimmer zurück.

Als er auf dem Rückweg zur Küche aus dem Fenster blickte, wurde er gewahr, daß ein heftiges Schneetreiben eingesetzt hatte. Unwillkürlich kam ihm der Professor in den Sinn mit seinen mahnenden Worten über den bevorstehenden Winter. Wie mochte es ihm und dem Hund jetzt ergehen? Er mußte ihm unbedingt, sobald er wieder in D. war, noch einmal einen Besuch abstatten, soviel stand fest.

Der Gedanke an seine Abreise ließ ihn nicht mehr los, und es kam ihm so vor, als sei er schon fast unterwegs – zumindest war er nicht mehr richtig hier, im Kloster. Immer öfter stellte er sich vor, wie er nach Hause käme und wie er seine nächste Zukunft gestalten würde. Zwar mußte er auch noch oft an Judith denken – das brennende Gefühl in seinem Körper zwang ihn regelrecht dazu – aber es beschäftigte seine Phantasie nicht weiter. Es reichte gerade eben dazu, ihn anzutreiben, sich zu bewegen, sein weiteres Schicksal selbst in die Hand zu nehmen um die Gefühle von Ohnmacht, Hilflosigkeit und Ausgeliefertsein niederzuringen. Er war ja noch jung, weit jünger jedenfalls als die Frau, deren Geliebter er gewesen war, und ohne groß darüber nachdenken zu müssen spürte er, daß diese Geschichte nicht das Ende aller Tage darstellte, sondern nur ein weiterer Schritt auf seinem Weg war und er noch viele Chancen erhalten würde, die Freuden der Liebe zu genießen. Zwar hatte er noch gestern, im ersten Ansturm von Wut und Enttäuschung, geschworen, nie wieder einer Frau sein Herz zu schenken, aber er spürte bereits jetzt, daß seine Verbitterung stündlich geringer wurde und er diesen Schwur nicht lange würde aufrechterhalten können. Seine wiedererwachte Lebensfreude tat das ihrige dazu, ihm solche düsteren Gedankengänge nicht lange zu erlauben.

An Ablenkung herrschte zudem kein Mangel, und so stürzte er sich gemeinsam mit Bruder Ambrosius in die Vorbereitung des Sylvesterfestes. Es sah sehr danach aus, als sollte es dem rundlichen Küchenmeister wieder einmal gelingen, der klösterlichen Entsagung, die eigentlich kein Festmahl gestattete, das ein oder andere Schnippchen zu schlagen.

„Man muß es so drehen", erläuterte er seinem Gehilfen seine ketzerischen Überlegungen, „daß es eigentlich nach Nichts aussieht, aber dennoch ein Hochgenuß ist – damit kommt man bei den Brüdern immer gut an!"

Julius kannte zwar solche Lektionen bereits, war aber doch immer wieder erstaunt, wie Ambrosius seinen Brüdern mitspielte, und dies in offensichtlichem geheimen Einvernehmen. So war beispielsweise der Genuß von Wein verpönt, gegen eine deftige Rotweinsoße zum Braten würde aber niemand etwas einwenden, und wenn der eine oder andere dieses Spiel durchschaute, so hütete man sich wohl, sich davon etwas anmerken zu lassen.

Diese Arbeit war in jedem Fall genau das Richtige für den Jungen, um ihn von den Stichen, die sich ihm immer wieder durch sein Herz bohrten, abzulenken, und so legte er sich mit Feuereifer ins Zeug. Bruder Ambrosius, der das wohl bemerkte und sich sicher einen Reim darauf zu machen wußte, unterstütze ihn darin, indem er ihn mit Aufgaben nur so überschüttete. So war denn, ehe er sich versah, der Tag vergangen und die Sylvesternacht angebrochen.

Dieser Abend verlief anders als gewöhnlich. Die Andacht hatte länger gedauert, das Abendessen, das diesmal aus mehreren Gängen bestand, begann später und zog sich bis tief in die Nacht hinein, und anschließend saßen die meisten Mönche noch lange zusammen und plauderten über dies und jenes.

Schließlich war es Mitternacht, und Bruder Ambrosius lud alle ein, nach draußen auf den frisch verschneiten Hof zu kommen. Dort hatte er bereits Vorbereitungen für ein kleines Feuerwerk getroffen und beeilte sich nun, die diversen Raketen anzuzünden. Er unterließ es nicht, dabei fleißig zu beteuern, daß er eigentlich nur eine einzige habe kaufen wollen, aber es gäbe diese nun mal leider nur im Zehnerpack. Seine offensichtliche Begeisterung über die bunten Leuchtkugeln sprach allerdings eine andere Sprache.

Während die Glocke der kleinen Kapelle das neue Jahr begrüßte, bemühte sich Julius, eine Sektflasche zu öffnen, deren Korken schließlich mit einem dumpfen Knall in den Nachthimmel emporschoß. Er zitterte ein wenig, als er mit den Brüdern auf das neue Jahr prostete – weniger vor Kälte, als vielmehr vor Aufregung: es würde ein anderes Jahr werden als die Jahre zuvor, dessen war er sicher. Es sollte sein Jahr werden, das Jahr, in dem er volljährig würde, aber auch ein Jahr, das er selber gestalten wollte, statt sich nur hin und her werfen zu lassen.

Während er noch diesen Gedanken und Gefühlen nachhing, spürte er bereits, daß der Sekt seine Wirkung tat. Die Aufregung legte sich, und an ihrer Statt breitete sich eine wohlig warme Entspannung in seinem Körper aus. Versonnen blickte er in den Nachthimmel, an dem sich nun, nachdem der Pulverdampf abgezogen war, zahlreiche Sterne zeigten. Wie unermeßlich groß war dieses Universum, und wie klein dagegen doch so ein Menschenkind!

Zugleich aber verspürte er auch Sicherheit und Geborgenheit unter diesem Firmament, und er ertappte sich bei dem verwegenen Gedanken, daß dies alles vielleicht sogar nur für ihn persönlich geschaffen worden sei. Noch lange stand er dort, und während sich die Mönche einer nach dem anderen fröstelnd ins Gebäude zurückzogen, berauschte er sich noch ein klein wenig an der Hoffnung, daß vielleicht auch Judith, genau wie er, gerade in den Himmel schaute und sich ihre Blicke weit draußen im Universum treffen könnten.

„Irgendwo da draußen ist auch dein Stern!" hörte er plötzlich eine Stimme neben sich sprechen. Er blickte sich erstaunt um und erkannte den Abt, Pater Andreas, der ebenfalls unverwandt nach oben schaute.

„Mein Stern..." wiederholte Julius, fragend und bestätigend zugleich.

„Der Stern, den du erschaffen hast", erläuterte der Abt, „durch dein Leben, deine Werke, deine Gedanken."

Ein wenig verwirrt und ratlos ließ der Junge seine Augen über den Himmel schweifen, auf der Suche nach einem Hinweis, welcher der Himmelkörper denn wohl seiner sein könnte.

„Wir alle erschaffen durch die einzigartige Weise, wie wir unser Leben leben, etwas Bleibendes, Ewiges; etwas, das auch nach unserem Tode als Stern am Himmel aufleuchtet, und anderen, die nach uns kommen, den Weg weist."

Er schaute Julius an: „Wie gefällt dir das?" fragte er.

„Das gefällt mir gut", antwortete Julius lächelnd. „Aber das steht doch nicht in der Bibel?"

„Das steht nicht in der Bibel", bestätigte der Pater lächelnd, „aber wenn es dir gefällt, dann ist es auch wahr. Wahrheit ist nämlich nicht immer nur das, was einige Wissenschaftler bewiesen haben, sondern das, was uns gefällt, was vor dem eigenen Herzen Bestand hat."

Julius nickte, und sie schwiegen beide eine Weile.

„Dein Stern ist gewaltig gewachsen, wenn ich dich so ansehe", meinte der Pater schließlich, du hast dich sehr verändert, seit du das letztemal hier warst."

„Aber ich war doch nicht weit, ich meine, nicht lange fort!" protestierte Julius ein wenig verlegen.

„Das ist der große Irrtum, dem viele Menschen unterliegen", stellte Pater Andreas richtig, „daß sie meinen, das Leben könnte danach beurteilt werden, wie weit einer herumgekommen ist und wieviel Zeit er darauf verwendet hat. Aber Raum und Zeit sind nicht das, was zählt. Was wirklich zählt, ist der Augenblick. Was zählt, ist, ob du bereit bist, dich himmelhoch aufzuschwingen und im nächsten Moment abgrundtief fallen zu lassen. Das allein, diese Intensität, das ist die Spanne, die das Leben wirklich spannend und lebenswert macht."

Er schaute den Jungen an, der jedes seiner Worte langsam und mit Bedacht in sich aufnahm, und fuhr fort: „Wenn ich dich so betrachte, dann hast du in den letzten Wochen gewaltige Höhen und Tiefen durchschritten."

„Das kann man wohl sagen", erwiderte Julius, begleitet von einem tiefen Seufzer.

„Meinen Glückwunsch!" meinte der Abt und legte seine Hand auf Julius' Schulter. „Dann hat sich deine Reise ja gelohnt. Du wirst als ein anderer wieder heimkehren als der, der seinerzeit gegangen ist, und du wirst feststellen, daß nicht nur Du dich verändert hast."

Julius schaute ihn nun erstaunt an.

„Alles hat sich verändert", erläuterte der Abt, „deine Familie, die Schule, die Menschen auf der Straße – nichts wird mehr so sein wie es war. Alles, was dir einst so eintönig und langweilig erschienen ist, wird nun anders aussehen – weil du nicht mehr derselbe bist."

Er sprach langsam und mit großen Pausen, um dem Jungen die Möglichkeit zu geben, seine Worte aufzunehmen und nachzuvollziehen.

„Oft meinen wir, wir wären den Umständen hilflos ausgeliefert, würden von ihnen geprägt und könnten uns ihnen nur noch durch Flucht entziehen, um wieder zu uns selbst zu finden. Die Wahrheit aber ist, daß alles in uns selbst begründet liegt. Unsere innere Einstellung entscheidet darüber, wie wir die Umwelt, die äußeren Umstände, erleben und wahrnehmen. Sie scheinen unabänderlich, solange wir selber nicht bereit sind, uns selbst einer Prüfung und einer Veränderung zu unterziehen. Wer aber die Reise nach innen wagt und bereit ist, die eigenen Höhen und Tiefen zu erkunden, den eigenen Engeln und Dämonen gegenüberzutreten, der kann sich eine ganz neue, eigene Welt erschaffen."

Julius nickte stumm. Er verstand beileibe nicht alles, was der alte Mann redete, und es war ihm auch klar, daß dieser gerade die Bilanz einer langen Lebenserfahrung zog, einer Lebenserfahrung, die er, Julius, sich erst noch würde erwerben müssen. Dennoch war er inzwischen gereift genug, um zumindest eine leise Ahnung davon zu verspüren, was der Pater wohl meinen mochte; seine Worte klangen vertraut und berührten seine Seele auf eine geheimnisvolle Weise.

Noch lange standen sie schweigend beieinander, bis der Abt den Zauber mit einem lapidaren „Komm, laß uns reingehen!" auflöste.

Erst jetzt wurde Julius dessen gewahr, daß sie beide als einzige noch draußen verblieben waren. „In der Tat", dachte er, während er rasch die letzten Gläser aus dem Schnee aufsammelte, „ein neues Jahr hat begonnen!" und er spürte,

189

daß er es kaum erwarten konnte, dem Neuen, was immer es mit sich bringen würde, entgegenzueilen.

Der Abschied vom Kloster fiel ihm weit weniger schwer, als er es für möglich gehalten hätte. Er nutzte den Neujahrstag, um noch einmal bewußt und aufmerksam jedes Detail des klösterlichen Tagesablaufs in sich aufzunehmen, spürte aber auch, daß es nichts gab, was ihn noch zum Verbleiben hätte veranlassen können. Damals, als er hierherkam, war er in großer innerer Not gewesen und hatte dringend der Hilfe bedurft. Inzwischen, so glaubte er zumindest, hatte er gelernt, sich selbst zu helfen, und mochte dieser Glaube auch nicht gegen alle noch denkbaren Erschütterungen gefeit sein, so brannte er dennoch darauf, es auszuprobieren.

Nein, hier hielt ihn nichts mehr, und auch wenn am nächsten Morgen dem Bruder Ambrosius, nachdem er ihn lange und fest umarmt gehalten hatte, die Tränen in den Augen standen, so war doch dessen Schweigen ein beredtes Zeugnis dafür, daß alles Wesentliche bereits gesagt worden war.

Der Abt wiederum beließ es bei einem Händedruck, jedoch sein Blick sprach ganze Bände. Julius fühlte sich geehrt, und keine noch so gewählten Worte hätten das ausdrücken können, was die beiden in diesem Moment füreinander empfanden.

Ein wenig wunderlich sah er schon aus in den Kleidungsstücken, die ihm im Laufe der Monate überlassen worden waren – die Hose ein Stück zu kurz, die Schuhe zu groß und die Ärmel der Felljacke so lang und weit, daß die Hände nahezu vollständig in ihnen verschwanden – als er schließlich zu Bruder Leo ins Auto stieg. Mehrmals tastete er in der

Jackentasche nach dem Umschlag mit dem Geld, daß er vom Abt erhalten hatte. Es war ihm nicht leichtgefallen, darum zu bitten, aber lieber wollte er sich beim Kloster verschulden, als seiner Mutter mit leeren Händen gegenüberzutreten, und außerdem würde er in D. ja auch noch ein Zugticket kaufen müssen.

Als sie schließlich losfuhren und die Klostermauern hinter sich ließen, schaute Julius nicht mehr zurück. Seine Gedanken eilten bereits unruhig voraus, zu dem Menschen, den er nun als Nächsten besuchen wollte: Den alten Professor.

Sein Herz schlug ihm vor Aufregung bis zum Halse, als sie in der Stadt ankamen und er sich von Bruder Leo in der Nähe des Flusses absetzen ließ. Hastig nahm er Abschied von seinem Nachhilfelehrer und eilte zielstrebig zum Ufer hinunter. Die Wege waren ihm noch vertraut, und es war ihm, als sei er erst gestern hier gewesen. Bald hatte er das Gebüsch erreicht, unter dem das Zelt des Alten gestanden hatte – gestanden hatte!

Julius erstarrte. Weit und breit war kein Zelt, kein Sofa, nichts dergleichen zu sehen. Er traute seinen Augen nicht und schaute sich verwirrt um, ob er nicht vielleicht im falschen Gebüsch gelandet war, aber es war kein Zweifel möglich – der Professor war fort. Fort war das Zelt, fort war das Sofa und alles, was einmal zu diesem Lager gehört hatte. Einzig eine Plastikschnur zwischen zwei Bäumen, die dem Alten einst als Wäscheleine gedient hatte, war noch vorhanden und machte Julius umso schmerzhafter klar, daß seine Erinnerung ihn nicht trog und nun tatsächlich alles vorbei war. Reste von Grasbüscheln und Treibgut zwischen den Zweigen der Sträucher wiesen darauf hin, daß es hier in der Zwischenzeit ein Hochwasser gegeben hatte und das ganze Gelände überflutet worden war. Ob das der Grund für sein Verschwinden war?

Stumm und starr vor Enttäuschung setzte sich Julius in den Sand, dort, wo einst das Sofa gestanden hatte, zog Schuhe und Strümpfe aus, um den kalten Sand unter seinen Füßen zu spüren und blickte auf den Fluß, der breit und behäbig unablässig dahinströmte.

Was mochte hier vorgefallen sein? Der Fluß würde es wohl wissen, aber dieser gedachte nicht, sein Geheimnis preiszugeben. Er strömte einfach weiter, tagein, tagaus, wahrscheinlich schon seit zigtausenden von Jahren – was kümmerten ihn da schon die paar Tage oder Wochen, die ein einsamer Mann und ein verirrter Junge an seinem Ufer verbracht hatten? War es denn nicht so, daß alle diese kleinen Ereignisse und Erinnerungen den gleichen Weg gingen, flußabwärts, weiter und weiter, um sich schließlich alle in das gleiche Meer zu ergießen? Daß von diesem Meerschließlich wieder Wasserdampf und Dunst aufstiegen, Wolken bildeten, die sich in fernen Gebirgen abregneten und wieder neue Quellen speisten, Rinnsale und Bäche, Flüsse und Ströme, ein ewiger Kreislauf ohne Anfang und Ende? Dieser Strom hier war ein Teil davon. War es noch der gleiche Fluß wie vor Monaten? Oder war es jeden Tag ein anderer?

War er selbst, Julius, noch der gleiche wie vor einigen Monaten, als die Tage länger waren und das Wasser wärmer? War die Welt, in der er sich bewegte, noch die gleiche? Oder hatte er, wie es der Pater formuliert hatte, eine ganz neue, eigene Welt erschaffen – eine Welt, in der möglicherweise ein „Professor" gar keinen Platz mehr hatte?

Tränen rollten ihm über die Wangen, und die neuerliche Enttäuschung riß ihn wieder tief hinein in den Trennungsschmerz, den er gerade überwunden geglaubt hatte. Würde das denn niemals enden? Mußte er alles, was ihm einmal freudig entgegengekommen war, wieder verlieren um sich hinterher noch viel leerer zu fühlen als je zuvor?

Er schrie laut auf, um seinem Schmerz Luft zu machen, und bohrte seine nackten Füße in den kalten Sand. Dann warf er sich auf die Knie und trommelte mit beiden Fäusten auf den Boden. Aus seinem Bauch drang dabei eine tiefe, klagende Stimme, wie er sie nie zuvor gehört hatte. Es klang wie ein fremdartiger Totengesang, und doch war es sein eigenes Lied, das sich da Bahn brach. Es war einfach zu viel, was in den letzten Tagen auf ihn eingestürzt war, und zu der ganzen Trauer über die aktuellen Verluste gesellte sich nun ein ganz tiefer Schmerz, den er lange geleugnet hatte und vor dem er immer weggelaufen war: die Verzweiflung eines kleinen Jungen, der feststellen mußte, daß der geliebte Mensch, den er „Papa" zu nennen pflegte, für immer aus seinem Leben verschwunden war.

Nach einer Weile ging das Klagen in ein leises Schluchzen über; er hob mit den Händen eine kleine Grube aus, legte sich lang auf den Boden, bettete den Kopf auf seine Arme und ließ seine Tränen in die Vertiefung rollen. Er fühlte die Trauer am ganzen Körper; wie Wellen zog sie bis in seine Finger- und Fußspitzen hinein. Er fühlte....

Verwundert hielt er inne: „Ich fühle", sagte er zu sich selbst wie einer, der gerade eine erstaunliche Entdeckung gemacht hat, „ich fühle...".

Er hob den Kopf und schaute sich um. Der eben noch graue Fluß schien in allen Farben zu schimmern und zu funkeln, die man sich denken konnte, und die kalte Luft flimmerte und vibrierte. Er versuchte sich zu erinnern, ob er so etwas schon einmal wahrgenommen hatte, aber es schien vollkommen neu zu sein. „Es ist, als ob ich zum erstenmal überhaupt etwas fühle", mußte er sich überrascht eingestehen.

„Als ich mit dem Professor hier war, habe ich nicht annähernd so gefühlt. Ich war völlig verschlossen, wie betäubt!"

Die innere Leere, die ihn noch eben übermannt hatte, begann sich plötzlich mit tiefer Dankbarkeit zu füllen. Dankbarkeit für den Professor, für die Mönche, vor allem aber für Judith. Sie alle hatten dazu beigetragen, die Mauern abzutragen, die er um sich herum hochgezogen hatte, weil er geglaubt hatte, ohne diese nicht überleben zu können, und in denen er um ein Haar erstickt wäre. Bedächtig ließ er eine Handvoll Sand nach der anderen in die kleine Grube rieseln und seine Tränen begraben.

Am Ende strich er den Sand mit der Hand glatt und malte ein Herz hinein. „Für die Liebe. Für das Leben!" murmelte er, „Mag kommen, was kommen will – ich bin bereit!" Er stand auf, klopfte den Sand von seiner Kleidung, zog die Schuhe wieder an und ging den Weg, den er gekommen war, wieder zurück.

Er wollte es nun genau wissen. Zielsicher lenkte er seine Schritte zu der kleinen Pfarrei, wo sie einst den Kaplan aufgesucht hatten. Dieser schien sogar auf ihn gewartet zu haben; zumindest ließ er sich keine Verwunderung anmerken, als Julius plötzlich vor ihm in der Haustüre stand. Ohne Umschweife bat er ihn herein in das kleine, enge Büro.

„Du bist wieder hier?" fragte er lapidar, mehr wie eine Feststellung denn als Frage.

„Ja", erwiderte Julius, „auf dem Weg nach Hause." Ohne große Umschweife kam er gleich zum Thema: „Ich wollte den alten Professor noch mal besuchen."

„Warst du schon unten?" fragte der Kaplan. Julius nickte.

„Dann weißt du ja Bescheid." Er schaute Julius an, und weil er spürte, daß der Junge begierig auf weitere Einzelheiten wartete, stellte er sich auf ein längeres Gespräch ein.

„Was möchtest du trinken – Kaffee oder Tee?"

„Tee, gerne", erklärte Julius ohne Zögern. Die Autofahrt war nicht eben geeignet gewesen, ihn aufzuwärmen, und er hatte den Bruder Leo bereits verdächtigt, daß dieser auch noch im Auto versuchte, Heizkosten zu sparen. Der Aufenthalt am Fluß hatte sein übriges dazu beigetragen, ihn gehörig aus- zukühlen, so daß er nun auf ein heißes Getränk regelrecht begierig war. Das mußte ihm wohl auch offensichtlich ins Gesicht geschrieben gewesen sein, denn als der Kaplan den Tee servierte, zögerte er eine Sekunde, holte dann eine Flasche Rum aus den Tiefen seines Schreibtisches und hielt sie hoch. Julius nickte nur, als er den fragenden Blick des Geistlichen sah, und schon hatte dieser ihm einen kräftigen Schuß in die Teetasse gekippt. „Nimm nur reichlich Zucker", ermunterte er ihn noch, „das schmeckt sonst nicht. Zum Wohle!" Sie hoben ihre Tassen und Julius schlürfte genüßlich die heiße Flüssigkeit, während der Kaplan eine Zigarette anzündete und sich auf dem Bürostuhl nach hinten lehnte.

„Ich habe ihn im Dezember, so um den ersten Advent her- um, zuletzt gesehen", begann er seinen Bericht. „ich hatte bereits vorher so ein ungutes Gefühl, und als ich dann zu ihm kam, sah ich ihn nur da unten sitzen und auf den Boden starren."

Julius schaute ihn mit großen Augen an und las ihm förmlich jedes Wort von den Lippen.

„Ich weiß, daß es Tage gibt, wo man ihn besser nicht an- spricht, also habe ich mich einfach still dazugesetzt. Aber diesmal war irgend etwas anders als sonst.

Plötzlich fiel es mir auf: ‚Wo ist denn Herkules?' fragte ich ihn, denn der Hund war nicht da. Er aber schüttelte nur den Kopf und stierte weiter auf den Boden. Ich habe noch eine Weile gewartet, aber offensichtlich wollte er nichts dazu sagen. Er machte einen verwahrlosten Eindruck, er roch sehr streng, und ich hatte das Gefühl, daß er getrunken hatte..."

Julius holte tief Luft. Der Kaplan nahm einen Schluck Tee, bevor er fortfuhr: „Am nächsten Tag bin ich, so bald ich mich freimachen konnte, wieder hingegangen. Aber da war er bereits nicht mehr da. Sein Zelt stand noch, aber er selbst war fort und hatte wohl nur das nötigste eingesteckt. Zunächst dachte ich, er wird wohl auf Quartiersuche sein für den Winter, und dann sein Zelt abbrechen, aber am nächsten Tag und die ganzen Wochen darauf war alles unverändert. Er war und blieb verschwunden. Kurz vor Weihnachten kam dann das Hochwasser und ließ nichts mehr zurück..."

Julius schluckte schwer. Er wußte nicht, wie er sich ausdrücken sollte, aber eine Frage brannte ihm auf der Zunge:

„Meinen sie, er hat..." er stockte.

Der Kaplan hatte den gleichen Gedanken und ersparte es ihm, die Frage auszusprechen.

„Ich weiß es nicht", antwortete er, „aber es sieht ganz danach aus." Gedankenverloren schaute Julius in seine Teetasse und schwieg. Es verging einige Zeit, bis er den Kaplan wieder anschaute.

„Meinen sie, wir hätten ihm helfen müssen?" fragte er zweifelnd.

Der Geistliche schüttelte den Kopf. „Wenn du das versucht hättest", erläuterte er, „hätte er dich ohne Zögern mit einem Fußtritt zum Teufel geschickt – so wie er das schon mit vielen getan hat, die ihm ungebeten ihre Hilfe aufgedrängt haben. Nein, da war nichts zu machen. Du hast ihn ja kennengelernt. Er wollte auch nicht, daß du bei ihm bleibst, obwohl er dich sehr geliebt hat. Das ist ihm schwergefallen, aber da war ihm wohl schon klar, wohin seine Reise geht und daß er dich dabei nicht gebrauchen kann. Er wußte, was er tat; er hatte sich für seinen Weg entschieden und ist ihn weitergegangen, bis zum Ende."

Julius wagte nicht zu widersprechen, denn in seinem Herzen spürte er sehr deutlich, daß der Kaplan recht hatte. Es war die Wahrheit, und dem war wohl auch nichts mehr hinzuzufügen. Beide spürten wohl auch, daß weitere Worte die Tragweite dieses Augenblicks nur gestört hätten, und so saßen sie nur schweigend zusammen, tranken mit Bedacht ihren Tee und gedachten des alten Professors, und für einige Augenblicke erschien es Julius, als ob dieser mit seinem Hund wohlwollend bei ihnen säße und ihnen freundlich, mit einem verschmitzten Lächeln im Gesicht, zunickte.

Sein Aufenthalt bei dem Kaplan währte nicht lange. Das Telefon rief diesen schon bald in seine Alltagsgeschäfte zurück, und mit einer Handbewegung und einem geflüsterten „Du findest ja alleine raus" verabschiedete er den Jungen. Während die Haustüre hinter ihm ins Schloß fiel, blieb Julius noch einen Augenblick versonnen stehen, bis er sich dann einen Ruck gab und sich in Richtung Bahnhof aufmachte.

„Wohlan denn", sagte er sich, „das war's denn wohl. Laß es uns zu Ende bringen."

Es war allerdings noch eine gehörige Strecke Weges, die er zurückzulegen hatte.

Vielleicht war er durch die bewegenden Ereignisse der letzten Tage ein wenig mitgenommen, vielleicht hatte ihm aber auch der Rum zugesetzt; jedenfalls spürte er, während er lange einsame Straßen entlang trottete, daß er gar keinen klaren Gedanken mehr fassen konnte und eher wie in einer Trance seinen Weg verfolgte. Sein Körper marschierte, aber sein Geist schien woanders zu sein, irgendwo an der Grenze zwischen Wachen und Träumen. Er achtete auch nicht auf Straßenschilder oder Hinweise, seine Füße schienen den Weg von alleine zu kennen.

Plötzlich hatte er das Gefühl, daß er nicht alleine war. Aus den Augenwinkeln nahm er neben sich eine schemenhafte, blau leuchtende Gestalt war, die sich auf gleicher Höhe neben ihm bewegte. Julius zuckte kurz zusammen, aber er schien sich nicht zu wundern. Es konnte die Halluzination eines überspannten Geistes sein, die sich auf diese Weise manifestierte, oder gab es sie tatsächlich, die „Großen", von denen Johanna ihm erzählt hatte – Julius war es gleich. Er hatte nun schon so viele aufregende Begegnungen gehabt, daß sein Verstand zu müde war, gegen eine blaue Lichtgestalt Einspruch zu erheben.

„Wer bist du?" fragte er nur, ohne seinen gleichmäßigen Trott zu unterbrechen.

„Ich heiße Julius" kam augenblicklich die Antwort.

„So wie ich?" fragte Julius zurück, eher neugierig als überrascht.

„So wie du", bestätigte die Gestalt, „ich bin du und du bist ich!" und während der Junge noch vergeblich versuchte, diese Worte mit Hilfe seiner Gedanken zu entschlüsseln, fuhr der Blaue fort:

„Aber ich bin auch der Professor und der Bruder Ambrosius. Ich bin Judith, und ich bin Johanna. Ich bin alle, denen du begegnet bist!"

„Wie kann denn das sein?" fragte ihn Julius zweifelnd, „du kannst doch nicht alle gleichzeitig sein?"

„Doch, das geht", versicherte die Gestalt, „denn du bist auch alle gleichzeitig". Der Junge schwieg, denn das war ihm jetzt zu kompliziert.

„Das ist viel einfacher als es aussieht, gar nicht kompliziert!" erläuterte der Begleiter, seinen Gedanken aufnehmend: „alle Menschen, denen du begegnest, sind du. Ich meine die, denen du wirklich begegnest, wo also im Moment der Begegnung etwas mit dir passiert. Sie bringen dir ein Geschenk mit, etwas, das dir gehört, das du aber verloren hattest. Sie erinnern dich daran, daß du noch etwas Anderes bist als du bislang geglaubt hast. Sie berühren deine Seele und machen sie wieder heil."

„Heil? Ist meine Seele denn kaputt?" wollte Julius wissen.

„Nein, kaputt nicht, nur unvollständig. Und es ist auch nicht wirklich deine Seele. Es ist das, was du für deine Seele hältst, und was du „Ich" nennst. Das ist aber nur ein wirklich kleines Bruchstück von dem, was du in Wirklichkeit bist."

Er unterbrach seine Erklärungen, als wolle er sich vergewissern, ob der Junge ihm folgen konnte, und fuhr dann fort: „Wenn du hier auf Erden wandelst, dann tust du das, um die ganzen verlorengegangenen Bruchstücke wieder einzusammeln. Und dabei helfen dir andere. Wenn sie dir wirklich begegnen, das heißt, wenn sie dein Herz berühren, dann weißt du plötzlich, daß du sie schon lange gekannt hast. Es ist wie ein Wiedersehen, ein Wiedererkennen. Du spürst auf einmal, daß du ihre Gefühle teilen kannst, als wären es deine eigenen – und es sind deine eigenen! Du hattest sie nur vergessen."

Julius nickte. „Sie sind auch noch immer alle in mir drin. Bruder Ambrosius, Pater Andreas, der Professor, und vor allem Judith..." er seufzte kurz auf. „Selbst das Mädchen in dem Gartenhaus, dessen Namen ich vergessen habe!"

„Ja", ergänzte die Gestalt, „und du wirst sie behalten, sie sind jetzt Du geworden". Sie schritten eine Weile still nebeneinander her.

„Erinnerst du dich noch wie du dich gefühlt hast, als du hierhergekommen bist?" fuhr der Blaue fort.

„Nicht so richtig", gab Julius lachend zu, „ich hab da, glaub ich, gar nicht viel gefühlt!"

„Aber den Unterschied zu jetzt, den spürst du?"

„Na klar," rief der Junge aus, „jetzt bin ich total voll, das heißt, manchmal auch total leer, aber voller Gefühle meine ich."

„Siehst du, das ist es, was ich dir sagen wollte. Du hast dich wieder eingesammelt."

„Dann bin ich jetzt komplett?" wollte Julius wissen.

„Nun, fürs erste ja, obwohl es noch viel mehr zu entdecken gibt. Da wartet noch einiges auf dich, das darfst du mir glauben."

„Sag mal", fragte Julius nachdenklich, „wenn du alle bist, denen ich begegnet bin, bist du dann auch die, denen ich noch nicht...ich meine, die noch kommen werden?"

„In gewisser Weise ja", antwortete der Blaue, „aber das darf ich dir noch nicht verraten, und es ist auch im Detail noch gar nicht gesagt, wer das alles sein wird. Du entscheidest nämlich selber, wann du wieder auf die Suche gehst und was du als nächstes entdecken willst."

„Das heißt aber doch…" – er zögerte – „dann hätte ich also dieses ganze Abenteuer, das ich jetzt erlebt habe, mit all den Menschen, denen ich begegnet bin, auch selbst inszeniert?" fragt Julius ein wenig ungläubig.

„Laß das Wörtchen ‚Ich' mal weg", korrigierte der Blaue, „dann stimmt es. Es ist selbst inszeniert, aber dein kleines Ich, dieses kleine Bruchstück deiner Seele, wäre dazu kaum in der Lage. Es ist ein größeres ICH, das da am Werk ist. Du näherst dich ihm Stück für Stück immer mehr an, aber du wirst es immer ein wenig als dein Schicksal empfinden."

Er schwieg, als wolle er seinen Worten Wirkung verleihen.

„Wenn du einmal ganz im Einklang bist mit diesem größeren ICH, dann wirst du alles verstehen – aber dann ist deine Suche auch beendet."

Diese letzten Worte schienen Julius plötzlich wie aus einer weiten Ferne zu kommen, und mit Wehmut nahm er wahr, daß die blaue Gestalt blasser und blasser wurde und schließlich verschwand. „Wo bist du?" rief er mit einem Mal enttäuscht und traurig.

Er bekam keine Antwort.

Plötzlich jedoch verspürte er ein merkwürdiges Prickeln in den Fingern, daß sich über den ganzen Körper ausbreitete, und als er genau hinschaute, da schienen ihm die Hände blau zu leuchten, und schließlich fühlte er sich wie in eine blaue Wolke eingehüllt. Es war ein wunderschönes, behagliches Gefühl, und während er noch darin schwelgte, hörte er eine Stimme, die aus seinem Inneren kam und doch nicht seine war, die Worte sprechen:

„ICH bin du und du bist ICH!"

Verwundert rieb sich Julius die Augen, als wenn er gerade aus einem tiefen Traum erwacht wäre.

Als er sich umsah, wurde er sich bewußt, daß er auf einem Bahnsteig stand, und er hörte noch die Worte aus dem Lautsprecher nachhallen: „...bitte Vorsicht bei der Einfahrt des Zuges!"

„Der Zug nach Hause!" schoß es ihm durch den Kopf, „der Bahnsteig! Hier hat es angefangen. Habe ich denn das alles, diese ganzen Geschichten, jetzt nur geträumt?"

Dann entdeckte er, wie aus einer Trance erwachend, daß er ein zerdrücktes Zugticket in der Hand hielt. Er konnte sich nicht daran erinnern, es gekauft zu haben, aber es war nun einmal da, und er versuchte, das aufgedruckte Datum zu entziffern.

Es war der 2. Januar.

„Also doch!" murmelte er erleichtert, während er in den be- reitgestellten Zug einstieg und sich in einen der zahlreichen leeren Sitze fallen ließ: „Also doch kein Traum!"

So ganz sicher war er seiner Sache allerdings nicht.

„Es mag bewiesen sein, daß **ich** nicht geträumt habe", gab ihm eine innere Stimme zu bedenken, „aber das heißt noch lange nicht, daß es kein Traum ist. Vielleicht werde ich selbst gerade geträumt, und die ganze Geschichte von mir und meinen Abenteuern ist einfach der regen Phantasie von jemand ganz anderem entsprungen?"

Seufzend schloß er die Augen, und während seine Gedanken in den Schlaf hinüberglitten, konnte er nur noch murmeln:

„Eindeutig zuviel für mein kleines Ich!"

Inhalt: